Drei Leben

Göttertod

Von Blazej Mielcarski

Wie weit wärst du bereit zu gehen....

....bis zum Tod?

.....oder noch viel weiter?

Die Zeit wird kommen....

...dann fällt die Entscheidung!...

...... das Beste für sie und ihre Welten.

Impressum

2017 Blazej Mielcarski

Umschlag Gestaltung: Blazej Mielcarski

Verlag: tredition GmbH, Hamburg

ISBN Paperback: 978-3-7439-4303-2
ISBN Hardcover: 978-3-7439-4304-9
ISBN e-Book   : 978-3-7439-4305-6

Richtig, oder nicht?

Wie jede Geschichte auch hat diese einen Anfang. Vor tausenden von Jahren herrschte ein Mann namens Ikomane auf dem Planten Lamason. Er war kein gewöhnlicher Herrscher. Durch sein Streben nach Wissen wurde er als Gott verehrt. Die, die ihn nicht anbeteten, fürchteten ihn und so wuchs seine Macht immer mehr. Lamason war ein fruchtbarer Planet, aber dies reichte dem Herrscher nicht und er schickte seine Untertanen mit weit entwickelter Technologie zu den drei Monden am Himmel und weiter. Als seine Frau schwanger wurde, gebar sie ihm drei Söhne. Auch sie erhielten von Geburt an unermessliche Macht und Unsterblichkeit. Er nannte sie Ventus, Vicious und Valerius! Sie wuchsen zu prächtigen Knaben auf und schon in ihrer Jugend war ihre Macht fast grenzenlos. Der langsam alternde, der nicht mit der Unsterblichkeit beschenkte Herrscher wusste, dass diese Welt zu klein für seine Kinder war. So fuhr er in den Weltraum hinaus und schuf mit seiner gesammelten Macht drei Planeten. Der Grundstein des Lebens und jeder von ihnen sollte von einem seiner Göttersöhne beherrscht werden. Er reiste weit, weil er wusste, dass ihre Macht weit in den Weltraum hineinragen würde. Ikomane kam erschöpft zurück und schickte einige Jahre im Mannesalter seine Söhne auf ihre große Mission. Jeder von ihnen hatte andere Talente und andere Motivation. So hoffte er seine Söhne mögen ihr Wissen und Können nutzen ihre Welten gedeihen zu lassen. Doch es kam alles anders und zwei der Welten gingen unter. Valerius war der einzige der es geschafft hatte die Welt über Jahrtausende zu erhalten. Das weckte Neid und die Brüder zogen aus um diese Welt zu kämpfen. Zwei Sterne erloschen am Himmel und nun droht auch der Dritte zu vergehen.

1

Anfang

1

Kein Licht ist so hell, dass es hier leuchten kann. Kein Weg wurde je
errichtet, dass es diesen Ort als Ziel gewählt hätte. Die Kälte
ist sein Freund.

„Meister Vicious!"
Eine zitternde doch deutliche Stimme erreichte sein Gehör. Er gab keine
Antwort.
„Meister Vicious, wir haben die Diebin endlich gefasst!"
Die Stimme klang erleichtert. Der Mann im Sessel regte sich.
„Bring sie rein!"
Befahl er mit seiner rauen, kalten Stimme. Beim Sprechen bewegten sich seine
Narben und verzogen sich. Zwei Männer in schwarzen Anzügen brachten
eine junge Frau zu ihm. Er starrte sie mit deutlichem Desinteresse an, doch als
sie vor ihm stand, blickte er in ihre schönen Augen. Sie waren groß und
dunkel und er erkannte etwas von sich in ihr.
„Wie heißt du?"
Flüsterte er wissend , dass er keine Antwort bekommen würde. Die junge
Frau blickte ihm nicht direkt in die Augen. Sie besaß keine Schuhe und ihre
Kleider waren schmutzig und zerrissen. Seinem Blick wich sie aus. Vicious
wusste nicht wieso, aber etwas an ihr war anders, als bei den meisten. Sie
zitterte nicht und er spürte nicht einen Funken Angst. Ihre dunkelroten Haare
hingen an ihren hohen Wangenknochen hinab. Sie waren ebenso schmutzig,
wie ihre Kleider.

„Bringt sie runter zu den Frauen. Sie sollen sich um sie kümmern."
Die Männer schienen verdutzt, aber sie befolgten seine Befehle. Er wusste,
dass sie seinen Männern das Leben schwer gemacht hatte, aber das kümmerte
ihn nicht. Als die Männer die Frau wieder hinaus brachten, kam die Kälte
wieder und leistete seinem Herrn Gesellschaft. Die Kälte die ihn sein ganzes
Leben, oder wie er es gern nannte "seine Anwesenheit" begleitete. Sie war
angenehm und gut. Sie kühlte die Narben, die sich auf seiner Haut und in
seiner Seele breit gemacht hatte. Er war sich sicher, dass sie nie gehen würde.
Ein Teil von ihm ist die Kälte, schlimmer als Hass und Gier. Kälte frisst nicht
und öffnet Wunden, sondern zerrt an einem. Das ist ihre Wirkung. Sie zerrt
und frisst sich an einem satt ohne den Hunger je zu verlieren. Man kann sich
ihr nicht entziehen, weil sie ständig Hunger hat. Diese Kälte bildet seine
Dunkelheit, aber die Finsternis würde niemals über die Kälte herrschen, weil
die Kälte auch durch die Dunkelheit hindurch zerrt.

2

Man gab der jungen Frau Kleider und man wusch sie. Bis hierher kannte sie
so was nicht. Sie fühlte sich fremd, aber die Damen, die sich ihrer annahmen,
waren freundlich. Sie erinnerte sich noch an den Abend zuvor, als die Männer
ihr plötzlich auf die Schliche kamen und sie in einen schwarzen Wagen
zerrten. Ihr Arm schmerzte immer noch, aber sie wollte sich nicht die Blöße
geben und sie würde ihre Leute auch nicht verraten. Auch wenn diese Leute
nicht ihre Freunde waren, waren sie die einzigen, die sie hatte. So etwas wie
eine Familie. Sie kannte so etwas nicht. Seitdem sie denken kann, wurde sie
stets weiter gereicht. Sie wusste es nicht genau, aber ihre Mutter starb bei
ihrer Geburt und ihr Vater, der arme Hund war abhängig und wusste sich
nicht weiter zu helfen und hatte sie verkauft. Darüber war sie aber nicht
besonders traurig. Sie dachte sehr selten darüber nach, aber weinte ihm keine
Träne nach. Ihr Leben bestand daraus sich mit halbstarken, kriminellen
Leuten abzugeben und einfach nur zu überleben. Das würde sich jetzt zwar
etwas schwierig gestalten, weil sie nicht wusste, was auf sie zukam. Umso
überraschter war sie, was sie weiter erlebte. Niemand fragte sie nach ihren
Namen, oder warum sie da war. Eine ältere Frau, die sich von beginn an ihrer
angenommen hat, sagte nur„ Hallo Kleine, ich bin Hemsala, komm mit."

3

Ihr wurden weder Fragen gestellt noch versuchte man etwas aus ihr heraus zu kriegen. Als sie umgezogen war, zeigte ihr Hemsala ihren Schlafplatz. Sie fand keine Gitter oder ähnliches. Wenn sie wollte, könnte sie einfach verschwinden, aber etwas ließ sie nicht los. In dieser Gesellschaft war es wichtig zu wissen wer ihr Herr war. Wieso hat ihr Herr sie nicht getötet. Sie wusste, dass wenn man die Organisation bestahl, auf einen der Tod wartete, aber sie war immer noch am Leben. Zuvor hatte sie nur schlimme Geschichten über den Herrn gehört. Die meisten waren gruselige Gutenachtgeschichten, aber als sie so vor ihm stand spürte sie keine Angst. Sie war bereit für den Tod und wollte ihm nicht die Genugtuung geben sie vor ihrem Tod noch gebrochen zuhaben. Auch wollte sie nicht um ihr Leben betteln. Das würde sie ihm auch nicht gönnen, ob er nun das Oberhaupt der Organisation war, oder nicht. Wenn sie starb, würde sie ihre Würde behalten, doch bisher kam es nicht dazu.

3

Am nächsten Morgen klopfte es an der Tür. Sie war gerade erst wach geworden.Das Zimmer in dem sie schlief war schlicht mit einem Bett und einer Kommode ausgestattet. Ein Spiegel hing an der einen Wand. Ansonsten entdeckte man jede Menge Spinnweben, aber daran war sie bereits gewöhnt. Dem Himmel zufolge war es noch relativ früh. Es konnte erst sieben Uhr in der früh sein und nicht später. Sie öffnete langsam einen Spaltbreit die Tür nachdem sie sicher war, dass sie den Bademantel fest genug um ihren schlanken Körper geschnürt hatte. Vor der Tür stand ein groß gewachsener Mann mit kurzen blonden Haaren und einer Brille mit runden Gläsern. Was ihr sofort auffiel, war seine Bewaffnung und sein breites Grinsen.
„ Du bist also die Namenlose!"
Sein Lachen klang verspielt, aber ernst. Sie spürte eine gewisse Kaltblütigkeit in seiner Stimme.
„ Zieh dir was an, wir haben nicht viel Zeit, ich bin Blemqvist!"
Er reichte ihr die Hand. Sie zögerte erst, aber dann entschied sie sich doch dafür sie anzunehmen. Sie würde sich auch jetzt wieder an eine neue Umgebung gewöhnen, so wie es ihr ganzes Leben bereits war.
„ Silvana."
4

Seine Hand fühlte sich rau und kalt an, wie seine Augen.

Flüstern

1

Was ist Angst? Jeder erkennt für sich was für einen selbst Angst bedeutet. Ob es die Angst vor

Gespenstern ist, oder doch nur Banalitäten. Ein Insekt, oder ein Tier. Sei es man hat Angst vor dem

eigenen Versagen. Es gibt viele Arten von Ängsten. Als meine Großmutter mir ihre Geschichte

erzählte, wurde mir klar, dass die Dinge vor denen Menschen heute Angst haben etwas ganz

anderes ist, als das was meine Großmutter damals gespürt hat. Sie erzählte mir, wie es ist, wenn

man wirklich Angst hat und worauf es eigentlich im Leben ankommt.

Aasdoriell war und ist die größte Handelsstadt der nördlichen Welt. Die Menschen lebten hier schon immer mit großem Aufwand und passten sich dem regen Treiben des Handels an. An manchen Tagen traf man hier skurrile Gestalten und seltsame Kreaturen. An einem regnerischen Nachmittag bewegte sich eine vermummte Gestalt durch die graue Menge. Sie fiel nicht sonderlich auf, weil jeder mit seinen Geschäften beschäftigt war. Jeder kümmerte sich, wie das üblich war um sich selbst. Die grauen Wolken zogen schnell über die Stadt in Richtung Osten. Wie ein Geist lief die Gestalt geräuschlos an den Ständen und farblosen Häusern vorbei. Ihr Name war Lorenza Scellani. Ob das ihr richtiger Name war, wusste niemand. Zielstrebig bog sie in eine Gasse ein und verschwand. Sie blickte sich um und wusste, dass ihr niemand folgte. Die Gasse war dunkel und unbeleuchtet. Türen und Fenster waren vernagelt. Die verschiedenen Grautöne gingen nahtlos ineinander über. Die einzige Lichtquelle war ein flackerndes Licht eines Schildes mit der Aufschrift. "Waldlux". Ihr Blick war konzentriert und ihre Sinne geweitet. Doch Anspannung fühlte sie nicht. Nach einigen Schritten stand sie vor der schäbigen Holztür. Mit einem letzten Blick sondierte sie die Gasse und schob die Tür ohne zu zögern auf. Sie knarrte, aber lies sich leicht öffnen. Ihr offenbarte sich eine schäbig aussehende Kneipe. Alles war aus Holz, außer die Wände. Der graue Stein zog sich durch den ganzen Raum. Sie bemerkte einen Gast zu ihrer rechten, der fast eingeschlafen schien und drei Männer, die laut grölend feierten. Der Tresen war leer bis auf den Gastwirt der ein staubiges Glas polierte. Übergewichtig, behaart und verschwitzte das passte an diesen Ort. Langsam ging sie auf den Tresen zu. Der Barmann kam nach kurzem starren zu ihr und sie deutete mit einer Handbewegung auf den Rum. Er nickte und stellte ihr nach einem weiteren verwirrten Blick die Flasche samt Glas auf das schmutzige Holz. Sie behielt die Kapuze auf und schob ihm einen kleinen Umschlag hin. Die Augen des Mannes weiteten sich. Auf der Ecke entdeckte er ein winziges Siegel mit einem Adler und einem Schild. Er schluckte kaum merklich und nickte dann ebenfalls. Seine zitternde Hand zog den Umschlag unter den Tresen und er bewegte sich zitternd an seinen Platz zurück und fing wieder an Gläser zu spülen. Es war das selbe Spiel wie immer. Wenn sie einen Auftrag hatte, musste es keine Zeugen geben und die Unschuldigen mussten wenigstens eine Chance bekommen da heil heraus zukommen. Eine weitere Regel war es dem Besitzer, wo auch immer sie einen Auftrag ausführte, stets für eventuellen Schaden, oder die Möglichkeit von Schaden, immer entschädigt wurde. Sie warf nochmal einen Blick auf den Mann zu ihrer Linken, aber der hatte schon so viel getrunken, dass er wohl nichts mitbekommen würde. Die drei Männer, die sich hinten im Raum aufhielten, bemerkten nichts davon. Sie hatten wahrscheinlich schon einige Flaschen ausgetrunken. Ob dies den Auftrag leichter machen würde, wusste sie nicht, aber es war ihr auch völlig gleich.

„Wir sind reich!"

Lachte der schmierige Kerl in der Mitte. Sie saßen in einer Sitzecke an einem eckigen Tisch. Der etwas Dickere rechts von ihm hob sein Glas und nickte eifrig. Lorenza beobachtete sie aus den Augenwinkeln. Die Ecke lag ziemlich im dunkeln und das Licht aus der verdreckten Öllampe, gab nicht genügend Licht her, dass jemand sie irgendwie erkennen würde. Ihr Ausdruck verhärtete sich . Sie musterte die Männer. Es schien als wären sie aus dieser Gegend, aber etwas besonderes fand sie an ihnen nicht. Lorenza wollte nicht noch länger warten. Sie stand auf und ging entschlossen auf die Männer zu. Der dicke Barmann beobachtete sie und bewegte sich ohne Umschweife in ein Hinterzimmer und schloss die Tür hinter sich ab. An dieser Stelle konnte man nur erahnen wie schnell alles gegangen sein musste. Die Männer reagierten überhaupt nicht, was sie schon vorausgesagt hatte. Mit kaltem Blick sah sie den Männern in die Augen, als die halbautomatischen Waffen aus ihrem Ärmel in ihre Hände glitten. Die erste Kugel schoss sie dem zu ihrer linken in den Fuß, der vor Schmerzen zusammenbrach, während im selben Augenblick eine andere Kugel den Lauf ihrer Waffe verließ und dem Kerl zu ihrer rechten die Hand durchbohrte. Ihr Anführer lies sein Glas fallen und während die vermummte Gestalt vor ihm auf dem Tisch landete und ihm die qualmenden Läufe ins Gesicht hielt, erstarrte er. Das klirren einen Glases, dass auf dem staubigen Boden in mehrere Teile zersprang war das einzige Geräusch, dass man in diesem Augenblick vernahm. Sein Gesicht verlor jede Farbe und seine Aufmerksamkeit galt den beiden Läufen, die mit einem mal sein Dasein beenden konnten. Von weit weg, hörte er eine ihm unbekannte Stimme. Sie klang so bitter, wie der Tod selbst.

„Wer hat euch beauftragt?"

Hauchte sie ihm zu. Das Licht war zu dunkel, doch obwohl er das Gesicht der Person nicht erkannte, blickte er in die kalten Augen. Sein Mund öffnete sich kaum merklich.

„Der Wandler."

Dann wurde es auf einmal dunkel und die Augen verschwanden. Diese Unwissenden waren es nicht wert zu sterben. Diese Armen Seelen hatten keine Ahnung worauf sie sich eingelassen hatten.

2

Als meine Großmutter mir diese Geschichte erzählte, wollte ich sofort wissen was ein Wandler ist.

In den Büchern gibt es nicht viel von ihnen zu erzählen und ihre Fähigkeiten werden auch kaum

erwähnt. Sie stammen von einem uralten Volk ab und können sich nur vermehren wenn sie einen

Wirt haben. Sie können sich perfekt tarnen und sind sehr hinterhältig. In früheren Zeiten wurden Wandler verstoßen, weil die Menschen Angst vor ihnen hatten. Wandler bestehen aus mehreren Existenzen, was zutiefst beunruhigend ist. Ob dies Stimmt weiß ich aber nicht, weil es doch ziemlich verrückt klingt. Doch da sie sich nicht vermehren konnten, ist diese Rasse fast ausgestorben. Doch was ich später erfuhr beunruhigte mich noch mehr. Großmutter wusste sehr viel.

Es muss am selben Abend gewesen sein. Die Sonne stand tief und berührte fast den Ozean. Terrabiell war ein kleiner Ort auf der Seezunge von Anviell. Einen Handelshafen gab es hier nicht, weil Felsen und Sandbänke schon einige Schiffe und Boote versenkt hatten. Es gab hier nicht viele Bewohner. Die meisten waren Menschen. Neben Menschen lebten hier ebenfalls einige Wassermenschen. Aquarianer hießen sie. Ihre Haut war leicht bläulich und an ihrem Hals hatten sie Kiemen mit denen sie unter Wasser atmen konnten. Ihre Schuppen zogen sich über ihre Köpfe und schützten sie vor der Sonne an Land. Auch wenn einige von ihnen sehr grimmig aussahen, waren es sehr liebenswürdige Kreaturen, die sehr auf die Wahrheit bedacht sind und so etwas wie Habgier nicht kannten. Sie waren als einzige in der Lage in diesem flachen Gewässer zu fischen. Deswegen pflegten sie einen guten Umgang zu den Bewohnern Anviells und handelten gerne mit den Bauern. Terrabiell war ein kleiner Ort übersät mit Stein- und Lehmhäusern, die sich um einen Hügel wanden, auf dem eine kleine Festung thronte. Der Name der Festung war Temoriel. An diesem Abend stand Silvana Belino auf einer Terrasse und starrte aufs Meer hinaus. Der Blick aufs mehr war für sie immer wieder entspannend gewesen. Es schien alles so friedlich, dennoch zeichneten sich kleine Sorgenfalten auf ihrem schönen Gesicht ab. Seid fielen Jahren blickte sie nun aus dieser Festung hinab, aber die Zeiten waren noch nie so sorgenvoll gewesen wie jetzt. Der leichte Wind blies ihr ins Gesicht und erfrischte ihre Haut. Ihre langen, rotbraunen Haare bewegten sich etwas mit dem Luftzug. Sie trug ein langes, schwarzes Kleid, dass sich langsam mit den

Wogen des Windes rührte. In ihrer linken Hand hielt sie die Botschaft , nach der sie sich die letzten Tage gesehnt hatte. Es waren keine guten Nachrichten, aber jetzt war die Gewissheit da. Die Organisation musste auf der Hut sein. Sie muss mehr erfahren, aber dafür würde sie auf die Ankunft ihrer Tochter warten. Der Wind wurde schwächer und der Himmel dunkler. Silvana stand immer noch reglos da. Sie zögert einen Augenblick.

„Vicious?"

Sagte sie mit ruhiger, melodischer Stimme. Es kam keine Antwort nur ein leises kichern, wie das eines Kindes. Sie drehte sich nicht um. Ohne Vorwarnung erschien neben ihr ein Schatten. Wie ein schwarzes Gespenst. Ein langer, schwarzer Mantel Verlies das Nichts. Die langen, schwarzen Haare bedeckten fast sein ganzes vernarbtes Gesicht. Seine unverwechselbare Grimasse, die er im Gesicht hatte, lies Silvana leicht erschaudern, obwohl sie sich schon längst an seine Erscheinung gewöhnt hatte. Für andere mag es der grausamste Anblick zu sein den man haben konnte. Silvana kannte Vicious lange genug, dass Fragen zu seiner Person zwangsläufig zum Tode führen. Vicious ist das Oberhaupt der Organisation. Wenn etwas nicht so funktionierte, wie er es gerne haben wollte, dann starben anschließend Menschen. Silvana Belino unterstand ihm direkt. Dennoch war es selten, dass Vicious selbst erschien. Es gab eine Zeit da suchte er sie oft auf. Meist schickte er nun einen seiner Schergen. Blemqvist ist einer von ihnen, aber ihn mochte Silvana auch nicht besonders. Blemqvist war nicht ehrlich. Das mochte Silvana überhaupt nicht, aber es lag wohl in seiner Natur. Vicious wusste das, aber etwas anderes verband ihn mit seinem Schergen, worum sie sich aber nicht kümmerte. Bis zu diesem Tage, kannte Silvana nur Blemqvist. Sie starrte weiterhin auf den Ozean, weil sie sich nicht dazu hinreißen lassen wollte ihm in die Augen zuschauen. Diese sind genauso vernarbt, wie sein Gesicht. Seine Augäpfel sahen aus wie Spinnweben, oder wie zerbrochenes Glas und sie waren kalt. So kalt, dass man danach wohl nie wieder schlafen wollte.

„Wie lange bist du schon hier?"

Fragte sie ihn um die Stille zu durchbrechen. Ein leises kichern entfloh seiner Grimasse.

„Lange genug um alles zu wissen."

Seine heisere Stimme ließ ihr Blut gefrieren.

„Hattest du eine Ahnung Lady Silvana?"

Fragt er, obwohl er die Antwort schon kannte. Als würde die Luft gefrieren, zitterte ihr Körper plötzlich. Sie biss sich auf die Unterlippe.

„Ich wusste es nicht, aber es war abzusehen, dass der Wandler etwas im Schilde führt."

Darauf hielt Vicious inne.

„Ich kann mich an seltene Momente erinnern, dass ihr in meiner Anwesenheit zittert."

Silvana hielt inne, aber lies sich nicht dazu hinreißen eine Schwäche zu zeigen.

„Ihr wisst um eure Wirkung, Herr und die aktuellen Geschehnisse beunruhigen mich zutiefst."

Sagte sie mit, angespannter Stimme. Vicious Gesicht verzog sich noch weiter und seine Augäpfel zitterten in ihren Höhlen.

„Finde ihn!"

Sagte er leise, aber mit Nachdruck.

„Ich lasse die Lords zusammen kommen und dann werden wir mehr erfahren."

Er schwieg einen Moment.

„Der Tod von Lord Anglis soll bestraft werden."

Silvana nickte nur. Sie lies sich von der Kälte fesseln in die er sie hüllte. Nach einer kurzen Pause, kicherte er wieder. Silvana kniff die Augen zusammen. Ihre Hände zitterten.

„Du fragst dich wann es vorbei ist!"

Flüsterte er. Doch bevor sie sich zu ihm umdrehen konnte verschwand er. Sie atmete tief ein, während sich der Nebel um sie herum auflöste. Ja sie fragte sich jeden Tag. Wann würde er sie endlich töten. Nicht dass sie es wollte, aber in den letzten Jahren hatte sie seine Gesetze verinnerlicht und stets befolgt bis auf dieses. Eigentlich war sie des Todes und Vicious allein war der Grund warum sie noch lebte. Jetzt musste sie den Tod von Anglis aufklären. Er war einer derjenigen gewesen, der sich beim Machtwechsel in der Organisation stets für Vicious ausgesprochen hatte, aber nicht, weil er Angst um sein Leben hatte sondern, weil er von unserem Herrn überzeugt war. Silvana stand noch lange da und erinnerte sich an den Anfang. Blemqvist hatte sie ausgebildet. Er war streng, aber er wusste genau was er tat. Sie redete kaum mit und tat damals das was man ihr auftrug. Bei ungehorsam würde sie sterben.

Es war genau hier in dieser Festung. Sie stand damals zwischen den Säulen im Hof und trainierte. Blemqvist hatte sich sofort davon gemacht und ihr geraten mit dem Stab zu arbeiten bis die Sonne unterging. Sie war nun seit fast vier Jahren hier und fühlte sich zwar noch nicht wohl, aber sie hatte sich daran gewöhnt. Morgen würde sie zwanzig werden, aber sie erwartete nicht, dass irgendjemand sie darauf ansprechen würde. Der Himmel färbte sich rot, aber sie übte weiter. Der Hof war erfüllt von ihren Schreien und den Hieben. Die Feuer wurden entbrannt. Zum ersten mal fühlte sie sich lebendig. Sie schlug so fest auf die Säulen ein, bis ihr Stab brach. An die Anwesenheit der Männer in den schwarzen Anzügen hatte sie sich längst gewöhnt. Es muss Mitternacht gewesen sein, als Vicious zum ersten mal seid ihrem letzten ersten Treffen wieder zu ihr Sprach. Silvana sank erschöpft ins Gras. Jedes Jahr summte sie sich ihr Geburtstagslied vor. Das einzige, dass sie noch an ihre Mutter erinnerte. Es war so still und friedlich, aber als sie gerade bei der Strophe anfangen wollte, spürte sie die Kälte. Die Kälte, die sie nie vergessen würde. So nah bei ihr. Langsam drehte sie ihren Kopf herum und sah Vicious knapp einen Meter neben ihr im Gras sitzen. Seine Augen waren geschlossen als würde er auf etwas warten. Dann grinste er und sie entdeckte etwas freundliches in seinem Ausdruck. Sie traute sich nicht etwas zu sagen und vergass ihm ihre typische Ehrerbietung zu zeigen. Als er sprach kam sie wieder zu sich.

„Ein schönes Lied junge Lady, ihr singt es jedes Jahr zu eurem Tag der Geburt!"

Sie brachte keinen Ton über die Lippen und wurde rot im Gesicht. Ein leises Kichern drang an ihr Ohr als sie sich zur Seite drehte. Sie hoffte die Männer würden sie so nicht sehen, aber als sie sich gerade nach den Wachen umschaute war keiner mehr da. Sie war allein mit ihrem Herrn, aber dieser Umstand machte ihr noch mehr Angst. Vicious warf seine schwarzen Haare zurück und holte etwas aus seinem Mantel. Sie drehte sich wieder um und stutzte.

„Das hier ist ein Dolch der Nergo. Die Nergo sind ein altes Volk weit im Süden und nun nimm es als Geschenk."

Mit zitternden Händen nahm sie den Dolch vorsichtig entgegen und murmelte etwas, dass ein Dank sein sollte. Vicious lächelte.

„Dieser Dolch ist durch mich geheiligt. Tragt den Dolch bei euch und ich werde eure Hilfegesuche hören."

Silvana wurde noch röter und sah ihn direkt ins Gesicht. Er wandte sich nicht von ihr ab und hielt ihrem Blick stand. Sie sah die Wärme in seinem Ausdruck, aber auch eine Trauer, eine Schuld. Lange sahen sie sich an. Sie entdeckte tiefe Wärme in dieser kalten Gestalt. Für sie war es der schönste Geburtstag, den sie je hatte.

4

Als Großmutter mir von diesem Moment erzählte, fragte ich sie was wohl jeder Fragen würde. Wer oder was war Vicious? Doch Großmutter schwieg und schüttelte den Kopf. In diesem Augenblick wurde sie ernst und ich fragte nicht weiter nach sondern wartete auf den Tag, an dem sie es mir selbst sagen würde.

Im Morgengrauen passierte ein Ash-Trail aus Aasdoriel die Grenze der Seezunge von Anviell. Ash-Trails waren eine der neusten Errungenschaften unserer Gesllschaft. Sie fuhr wie auf einem metallenen breiten Gleis von Westen nach Osten des Landes. Die Abwicklung war das geringste Problem gewesen, aber der Bau hatte sich hingezogen. Die Bahn hatte die Form eines Wurms und war silbern. Nicht viele Reisende konnten es sich leisten, diesen modernen Zug zu nutzen. Nur wenige genossen dies. Wahrscheinlich nannte man sie Ash-Trails, weil sie aussahen, als wären sie aus Asche wenn sie über das Land rassten. Für die meisten Leute galt es als Privileg, wenn man mitfahren durfte. Eine Frau mit blonden langen Haaren, die zu einem Zopf zusammen gebunden waren, saß in ihrer Kabine und las. Ihr blondes Haar fügte sich ohne Umschweife in die Einrichtung, die recht einfach gehalten wurde. Dunkelrotes Holz und ein warmes Licht hüllte die Kabine in ein einladendes Ambiente. Außerdem stand im Raum noch ein Bett und ein Schreibtisch, was der höchste Luxus in einem Zug dieser Art war. Der Teppich, der die gesamte Kabine einnahm, war aus rotem Samt. Aufwendige Schnitzereien vervollkommnen dein Eindruck den man in dieser Umgebung aufnahm.

Lorenza lass viel, hatte mir Großmutter erzählt.

Es klopfte an der Tür, während der Zug leise auf den Schienen an der Landschaft vorüberzog. Sie ist am selben Abend aus Aasdoriell abgereist, als sie ihre Informationen bekommen hatte. Ein Luftschiff brachte sie nach Gamaron von wo sie den Ash-Trail genommen hatte. Sie legte das Buch zur Seite und antwortete.
„Herein."
Als die Tür aufging, stand ein Mann in einem schwarzen Anzug auf dem Flur. Er lächelte freundlich und verbeugte sich.
„Entschuldigen sie die Störung."
Lorenza war etwas überrascht, verzog aber keine Miene und nickte. Der junge Mann sprach weiter.
„Lord Wegless möchte sie zum Essen einladen."
Er verbeugte sich nochmal. Sie überlegte einen Moment. Lord Wegless war einer der zwölf Lords die ihrer Mutter unterstanden, aber was wollte er von ihr? Außerdem reiste nie ein Lord mit dem Ash-Trail. Das war etwas was sie nicht erwartet hatte, aber das konnte kein Zufall sein. Sie drehte sich zum Fenster um. Die Sonne war aufgegangen und der Zug schlängelte sich durch die Natur Anviells. Dann sah sie den Mann an, der sich erneut verbeugte. Darauf nickte sie ebenfalls und lächelte. Langsam ging sie in den Speisewagen gefolgt von ihrem Begleiter. Auch in diesem hölzernem Raum fügte sich ihr Kleid ohne Umschweife ein. Er machte ihr mit einer Verbeugung die Tür auf. An einem Tisch in der hinteren Ecke des Wagons saß ein grauhaariger, dicker Mann in einem grauen Anzug. An den Türen standen noch weitere Männer in schwarzen Anzügen. Der Mann der sie eingeladen hatte, schloss die Tür und blieb stehen, während sie sich auf den Platz gegenüber vom älteren Mann bewegte. Als sie fast da war, stand er auf und verbeugte sich.

14

„Schön, dass sie es einrichten konnten Lady Lorenza."

Er schwitzte etwas, obwohl es nicht warm war. Lorenza konnte das Verhalten vieler Personen interpretieren und Lord Wegless schien sehr aufgelöst.

„Bitte setzen sie sich."

Sie nickte und nahm Platz.

„Es ist gut, dass wir uns treffen können. Ich habe Informationen, die ich ihnen nicht vorenthalten darf."

Lorenzas Augen wurden zu schlitzen und sie nickte nur. Sie ahnte schon, dass ihr jemand gefolgt war und dass dieses Treffen kein Zufall sein konnte. Lord Wegless drehte seinen Kopf von einer Seite zur anderen. Die Wälder flogen nur so an ihnen vorbei. Der Zug bewegte sich im selben Tempo, als würde er nur geradeaus fahren. Er sprach mit gedämpfter Stimme weiter.

„Der Wandler will die Aquarianarn überlisten und die Schätze des Meeres an sich nehmen."

Ihr Blick wurde jetzt kälter und in ihrem Kopf fing es an zuarbeiten. Was würde es den Aquarianarn nützen?

„Lord Wegless, wenn der Wandler die Schätze der Meere an sich nehmen würde, könnte es das Gleichgewicht der Welt zerrütten!"

Lord Wegless nickte eifrig.

„Der Wandler war vor langer Zeit im Norden verschwunden."

„Niemand weiß was er da gemacht hat."

Lord Wegless wurde nervöser. Lorenza konnte nicht glauben was sie da gerade hörte. Sie musste schnell zu ihrer Mutter. Der Morgen zog dahin während sie da saß und Lord Wegless zuhörte. Es war erschreckend und es ergab aber auch teilweise keinen Sinn. Die Schätze des Meeres waren mächtige uralte Gegenstände, die kaum jemand zu Gesicht bekommen hatte. Man wusste nicht genau was sie waren, aber sie existierten und würden in den falschen Händen und den falschen Absichten Verheerungen anrichten, die nicht wieder zu reparieren wären. Nur die weisesten Aquarianer wussten was diese Gegenstände waren und wie man sie benutzte, doch die gab es nur an einem Ort und den hatte kein Mensch oder anderes Wesen je betreten und wusste auch nicht, wie man dahin gelangen konnte. Man konnte nur dahin gelangen, wenn man da sein durfte und das war kaum jemand.

Großmutter ist eine sehr schlaue Frau. Ich hab mir nie Gedanken über unsere Welt gemacht, aber als sie mir diese Geschichte erzählte, habe ich sehr viel gelesen. Ich hab es bis hier hin soweit verstanden. Die Welt Feros besteht nur aus dem Gleichgewicht aus den Vier Schätzen. Der erste ist der Schatz der Erde. Seit Anbeginn der Zeit benutzen Menschen, wie auch andere Menschen die Rohstoffe der Erde. Sei es Stein, Silber, Gold und was sonst noch so gibt. Der wichtigste Stoff den wir nutzen ist Nitrit. Es erzeugt mehr Energie, als alles andere, hatte ich gelesen. Dann gibt es noch den Schatz der Meere. Man kann es sich so vorstellen, dass der Schatz der Meere der Hüter des Wassers ist. Gegenstände, die Wasser kontrollieren, aber es ist nicht genau überliefert. Solang dieser im Gleichgewicht ist und der Schatz des Himmels im Gleichgewicht ist (Wobei ich dazu sagen muss, dass nirgendwo geschrieben ist, was der Schatz des Himmels sein soll), gibt es keine Überschwemmungen und Wirbelstürme. Dann gibt es noch den Schatz des Feuers. Auf Feros, weit im Norden gibt es einen Kontinent mit dem Namen Flagran. Das ist der Feuerkontinent. Es gibt kaum Menschen, die mal dort gewesen sind. Großmutter sagte mir mal, dass es dort so gut wie nichts gibt. Brennender Boden, kaum Luft zum Atmen, Staub und Ruß. Im Großen und ganzen muss das Gleichgewicht erhalten bleiben und die Regierungen tun alles dafür, dass das Gefüge nicht auseinanderbricht. Aber dazu gibt es später mehr.

Während der Ash-Trail kurz vor den Pforten von Terrabiell angelangt war, dachte Lorenza Scellani nicht daran, dass große Veränderung darauf wartete vollzogen zu werden. Weit im Süden Apramas, mehrere Meilen von Aasdoriel entfernt lag die Hauptstadt des Südens, Ganogan. Eine Stadt so königlich, wie man es sich nur vorstellen kann. Häuser aus weißem Stein. Bögen und Brunnen wo man nur so hinschaute. Einmal im Leben wollte jeder dort hin. Der König von Apramas residierte dort. Die Stadt war geschützt, wie sonst keine Stadt und in der 3000 jährigen Geschichte ist die Stadt niemals eingenommen wurden. Zurzeit herrschte dort König Kabiani. Er war ein guter König, aber äußerst raffgierig. Nach außen hin war er der Held des Volkes doch auch er hatte seine Geheimnisse. Was er am meisten liebte war der Reichtum und als er seine Amtszeit antrat, ließ er er etwa 15 Meilen vor der Stadt in den Ruinen von Radros Nitrit-Mienen anlegen. Einzig eine Organisation war ihm ein Dorn im Auge und bis heute kam er nicht dahinter wie er an sie ran kommen sollte. Dennoch herrschte er über das Land mit eiserner Faust und jeder der sich ihm in den Weg stellte, wurde eingesperrt. Nach einigen Jahren musste er sogar neue Kerker bauen lassen. Die Insel Makamis liegt 200 Meilen südlich der Hauptstadt und wurde innerhalb kürzester Zeit mit Burgen Mauern und Verliesen ausgestattet. Als wäre über Nacht eine Stadt erbaut. Eine Insel einzig dafür geschaffen, Gefangene ein zu sperren und zu foltern und der König hörte die Gefangenen gerne schreien.

Warnung

1

Lorenza Scellani betrat die Festung Temoriel, als die Sonne langsam am
Horizont unterging. Sie klopfte gerade am Tor und unmittelbar danach
wurde die Tür geöffnet. Eine Junge Frau mit schwarzen Haaren öffnete. Sie
lächelte, aber ihre Augen waren kalt.
„Da bist du endlich Schwester!"
Lorenza lächelte und nahm die Frau in den Arm und Küsste sie auf die Stirn.
„Schön dich zu sehen Lex."
Dann löste sich Alexia von ihrer Schwester. Lorenzas Schwester war fast so
groß wie sie selbst und einige Jahre jünger. Sie hatten keine Ähnlichkeit nur
ihre Augen waren die selben. Kalt und ausdruckslos. Alexia trug ein graues
Kleid, dass ihr bis zu den Knöcheln reichte. Ihre schwarzen Haare trug sie
offen. Meist war es so, außer im Kampf.
„Mutter erwartet dich schon."
Sagte sie mit ihrer festen kalten Stimme und deutete auf eine Tür zur linken in
der Eingangshalle. Lorenza nickte ihr zu und betrat das Zimmer allein. Es war
ein riesiges Kaminzimmer mit einer Bibliothek. Am Ende des Raumes saß
Silvana in einem Sessel und starrte ins Feuer. Das lodernde Feuer war das
einzige, dass dem Raum etwas Licht gab. Als sie näher kam, drehte sich
Silvana um, aber lächelte nicht.
„Ich danke dir, dass du diese Reise auf dich genommen hast."
Sie stand auf und küsste Lorenza auf die Stirn. Diese verbeugte sich leicht. Sie
merkte, dass ihre Mutter besorgt war. Es gab in den letzten Tagen kaum einen
Tag an dem ihre Mutter nicht besorgt war. Silvana setzte sich wieder in den
Sessel.
„Der Wandler wird ein Problem darstellen!"

18

Silvana lächelte kaum merklich und schaute wieder ins Feuer. Sie war sich sicher, dass der Wandler an Stärke zugenommen hatte, aber sie wusste noch nicht wie groß die Gefahr war, die von ihm ausging. Das beunruhigte sie zutiefst. Vor einigen Tagen hatte sie Spitzel in alle Himmelsrichtungen geschickt, aber bisher ohne Erfolg. Alles was blieb waren Gerüchte. Keine Tatsachen, ob sie nun Stimmten oder nicht.

„Ich bin Lord Wegless begegnet."

Lorenza kniete sich neben ihre Mutter auf den Teppich und fing an zu erzählen, was Lord Wegless ihr einige Stunden zuvor erzählt hatte. Als sie zu ende geredet hatte, schwieg Silvana einige Momente. Sie war nicht minder beunruhigt.

„Geh zu Bett Kind, wir werden uns morgen bei der Versammlung damit auseinandersetzen."

Lorenza nickte und verließ schweigend den Raum. Ihre Mutter wich aus, dass merkte sie, aber ihre Stand nicht zu weiter nachzufragen. Silvana saß anschließend noch lange am Feuer bis es heruntergebrannt war. Sie dachte an den Wandler. Ihre letzte Begegnung vor einigen Jahren fiel ihr ein. Wie er vor Vicious winselnd auf dem Boden lag und um Gnade flehte. Sie gab zu, dass sie sich damals stark und unverwundbar gefühlt hatte, als sie neben Vicious stand und auf ihn hinab geblickt hatte. Das was ihr besonders in Erinnerung geblieben war, waren seine Augen. Kalt und tief schwarz. Ohne Furcht. Es war damals ein kühler Sommerabend. Vicious hatte sich selbst auf die Suche gemacht und nach einigen Jahren das winselnde Häufchen in einer Höhle ausfindig gemacht. Er hatte das Gesetz seines Herrn gebrochen und versucht ihn zu hintergehen so hieß es, aber Mutter wusste mehr über den Wandler als sie uns damals erzählt hatte. Die Kräfteverhältnisse waren gewaltig und Vicious hätte den Wandler töten können, aber er tat es nicht. Uns oblagt dennoch nicht darüber zu urteilen wie unser Herr über das Leben entscheidet. Er verbannte ihn und riss seine Macht in zwei. Danach wurde er nie mehr gesehen. Nach all der Zeit weiß niemand was ihm widerfahren war.

2

Früh am nächsten Morgen stand die Sonne noch sehr tief über Anviell. Die

Luft war noch sehr kühl und das gesamte Haus schlief noch bis auf zwei Personen. Lorenza stand auf, wusch sich das Gesicht. Dann zog sie sich ein Shirt und eine lange Hose an. Ihr Zimmer ähnelte sehr einer Waffenkammer bloß mit einem Bett, einem Tisch und einem Schrank. Der Rest des Raumes war gefüllt mit Schwertern, Gewehren und sämtlichen anderen Waffen jeder Art. Die Festung lag still. Sie nahm ein Schwert aus einer der vielen Halterungen und verlies den Raum. Wie in einem Traum glitt sie durch die Gänge bis sie auf dem Hinterhof im Freien war. Um den Hof herum stand eine große Mauer. In der Mitte standen einige Steinsäulen, wie Ruinen. Sie schloss die Augen und horchte. Währenddessen gelang das Sonnenlicht über die Mauer und sie vernahm ein Schleichen. Lorenza lächelte.

„Da bist du ja!"

Alexia tauchte hinter einer der Säulen auf. Sie trug einen Speer bei sich und lächelte gehässig.

„Ich dachte du kommst gar nicht mehr!"

Alexia lachte schrill und bewegte sich auf sie zu. Lorenza lächelte ebenfalls, aber ihre Augen wurden ernst. Ihre Hand festigte sich um den Griff herum und die Klinge verlies die Scheide. Ohne Vorwarnung spurtete sie auf Alexia zu.

„Lex, du hast keine Chance!"

Dann kreuzten sie Schwert und Speer. Alexias Blick wurde schärfer und ihre Hiebe schneller. Sie stach immer wieder auf den Körper ihrer Schwester ein, aber Lorenza wich aus, oder blockte die Hiebe mit der flachen Seite ihres Schwertes. Der Kampf ging jetzt mehrere Minuten, aber keine von beiden wollte nachgeben.

„Du bist schneller geworden Schwester!"

Sagte Lorenza, während sie Alexia für einige Momente aus dem Rhythmus brachte. Sie wusste, dass sie ihre Schwester so nur wütend machte. Alexia´s Augen fingen an zu glühen. Ihre Augenäpfel färbten sich leicht Rosa und dann rot. Ihre Bewegungen wurden schneller. Die Muskeln spannten sich noch viel mehr.

„Ich mache dich fertig!"

Alexias Stimme wurde schriller. Der Boden um sie herum fing an zu vibrieren. Lorenza wurde ernst. Sie weiß wie stark ihre Schwester während des Kampfes wurde, aber in solchen Momenten war es Lebensgefährlich, weil Alexia mit ihren 18 Jahren noch nicht in der Lage war ihre Kraft zu kontrollieren. Sie trafen sich fast jeden Morgen zum Kampf und Alexia war ein hitziges Gemüt. Das hatte Lorenza, als auch ihre Mutter früh gemerkt. In gewissen Situationen musste man sie bremsen, dennoch war es gefährlich. Sowohl für sie, als auch für ihren Gegner.Lorenza betrachtete ihre Schwester besorgt. Sie konnte sich noch sehr gut an den Anfang erinnern, als Alexia hierher kam. Sie war jung und wütend. Sehr wütend und das brachte ihre Karft sehr ins wanken, aber unser Herr hat sie gewählt, weil in ihr eine große Kraft schlummert, die behutsam geweckt werden musste.

3

An dieser Stelle muss ich einwerfen, damit man diesen Teil der Geschichte versteht, dass weder Alexia noch Lorenza Menschen sind. Sie sind Guinariar und jeder von beiden beherrscht eine bestimmte Magie. Alexia beherrscht das Feuer und Lorenza beherrscht den Wind. Später gibt es mehr dazu.

Jetzt wich Lorenza zurück. Die Erde bebte. Der Speer in Alexias Hand fing an zu glühen und die Luft um sie herum wurde dünn und heiß. Ihre Haare sträubten sich, doch sie fixierte ihre Schwester mit ihren Augen. Lorenza hingegen, starrte Alexia an und konzentrierte sich. Ihre Augen wurden weiss, wie Schnee und sie bildete einen leichten Wirbelwind um sich herum. Sie beherrschte ihre Magie schon seit Jahren und dieses Kunststück war eine ihrer leichtesten Übungen.
„Komm her!"
Flüsterte sie und dann brach der Sturm schon herein. Alexia stach wie wild zu. Die Luft brannte und die einzige Kühlung war der Wind. Feuer und Wind rieben aneinander und der Boden um sie herum bewegte sich noch mehr und lies Teile davon in die Luft aufsteigen. Jetzt sollte es aber reichen, dachte sich

Lorenza. Sie wusste, dass ihre Schwester gut war, aber sie muss noch lernen Muskel ihres Körpers. Alexia jedoch schien unbeeindruckt und wurde ihrerseits noch schneller. Lorenza schmetterte Alexias Speer immer wieder die Kontrolle über ihre Gaben zu haben. Jetzt drehte Lorenza ebenfalls auf. Ihre Augen fingen weiß an zu strahlen und die Spannung ging durch jeden zur Seite und schließlich mit einem wütenden Schrei entlud sie so einen heftigen Windstoß, der ihre Schwester aus dem Gleichgewicht brachte und sie gegen eine der Steinsäulen taumelte. Der Speer landete im Gras neben ihr und Alexia sackte einen Moment später am kalten Stein zusammen. Lorenza atmete kurz durch, ihre Augen normalisierten sich und der Wind verschwand. Dann ging sie langsam auf ihre Schwester zu, die den Blick ihrer Schwester nicht erwiderte.

„Du bist gut, aber du musst deine Kraft besser kontrollieren!"

Alexia spuckte auf den Bode und sah zu ihre Schwester verächtlich auf. Ihr Atem war schwer und unregelmäßig. Sie schluckte. Der Schweiß tropfte von ihrer Stirn und ihre Wangen waren gerötet.

„Ich weiß!"

Sie schüttelte den Kopf. Lorenza reichte ihr die Hand und half ihr auf die Beine.

4

Großmutter sagt immer, dass ihre Schwestern sehr viel Macht hatten. Ich hab so etwas auch schon

ab und an mal gesehen, doch fällt es mir manchmal schwer mir das in den Erzählungen

vorzustellen. Ich stelle mir manchmal vor, wie der Wind um einen Menschen tanzt, der den

Bewegungen des Körpers folgt. Wie Zauberei.

Später am Abend verabschiedete sich Silvana von ihren Töchtern und machte sich auf zur einberufenen Versammlung. Die Fahrt dauerte eine Stunde und in dieser Zeit machten sich bedenken bei ihr breit. Die Lords wussten noch nicht wer Lord Anglis auf dem Gewissen hatte. Würden sie ihr glauben? Der Wandler war für eine lange Zeit verschwunden und jetzt war er wieder zurück und wenn es wahr ist, dass er die Schätze der Welt plündern will, was aber fast unmöglich war, dann... . Sie zögerte einen Moment. Was wäre wenn er herausgefunden hätte, wie er sie an sich nehmen kann. Diese Überlegung grauste ihr. Das wäre eine absolute Katastrophe dennoch wusste sie es nicht mit Bestimmtheit. Der Wagen bog um eine letzte Kurve hinunter ans Ufer. Sie befand sich gerade am Ende von Anviell an einem Ort Namens Periell. Es war das beste Versteck für diese Art von Versammlungen, weil kaum ein Mensch von diesem Ort wusste. Das Haus stand an einem Steg am Wasser und es war auch fast das einzige Haus in der Gegend. Sonst fand man da einige Hüten, Bauernhäuser und viele Bäume, die an Hängen hinab wuchsen und so dicht wucherten, dass man weder vom Wasser noch vom Land einen Einblick in diese kleine Bucht hatte. Natürlich wurden an mehreren Stellen Wachposten aufgestellt, damit sich kein Unbefugter auch nur in die Nähe dieser Bucht verirrte. Ihr Fahrer hielt ihr die Tür auf und sie stieg aus. Dann schritt sie allein auf das Tor zu. Ihr war bewusst, dass in diesem Haus andere Gesetze galten. Es waren Vicious' Gesetze, die hier befolgt werden mussten. Manchmal kam es ihr vor, als wenn auf dem ganzen Gelände ein Fluch lege. Das Gebäude war aus weißem Stein mit kleinen Fenstern und dunkelbraunen Fensterläden aus Holz. Die Große Holztür schwang ohne weiteres nach außen und öffnete sich ihr. Sie ging den gewohnten Weg an der Treppe vorbei in den Raum gegenüber, wo ein Mann im schwarzen Anzug stand. Er verbeugte sich und öffnete sofort die Tür. Sie nickte und betrat den hinteren Raum. An einem runden Tisch saßen bereits elf Lords und warteten auf ihre Ankunft. Sie redeten nicht und einige nickten ihr zu. Das war für sie nichts Neues, weil sie wusste, dass einige Lords sie selbst als Dorn im Auge empfanden. Diese Tatsache störte sie aber nicht, weil sie nicht freiwillig diesen Posten bekleidete. Sie setzte sich auf einen besonderen Holzstuhl, der vor einigen Jahren für sie angefertigt wurde. Es war ein dunkles Holz mit feinem Muster. Als sie Platz genommen hatte, drehten sich alle zu ihr herum. Ein Stuhl blieb frei. Sie atmete tief ein und räusperte sich.

„Einen guten Tag meine Lords."

Alle nickten ihr zu und sie sprach weiter.

„Es gibt viel zu bereden!"

Sie hielt kurz inne. Sollte sie vom Wandler erzählen? Lord Wegless würde sie sicher unterstützen. Sie sah zu ihm hinüber, aber etwas war seltsam. Er wirkte eingeschüchtert. Sie musste es tun, oder es zumindest versuchen.

„Meine Lords, uns steht eine große Gefahr ins Haus."

Die Hälfte der Lords schien überrascht, aber der eine oder andere nicht. Sie wartete.

„Der Wandler ist laut meinen Informationen in den Norden zurückgekehrt." Sie sprach mit fester Stimme weiter.

„Er will sich die Schätze des Meeres zu eigen machen."

Sie wartete die Wirkung ihrer Worte ab. Alle schwiegen doch dann fing das Gelächter an und alle außer Lord Wegless lachten. Silvana ballte ihre Hände zu Fäusten und konnte ihre Fassungslosigkeit nicht verbergen. Sie wurde wütend und sprach deutlicher.

„Wir müssen anfangen uns zu organisieren und den Wandler stoppen!"

Es half nichts. Sie wurde ausgelacht, als hätte sie gerade etwas lustiges erzählt. Die Lords lachten noch lauter und herzhafter. Sie verstand nicht. Dann meldete sich Lord Aragrim zu Wort, nachdem er sich über das Gesicht gewischt hatte.

„Lady Silvana, was geht es uns an, wenn der Wandler sich womöglich irgendwelche Schätze unter den Nagel reißt?"

Der kleine dicke Lord lachte nochmal herzhaft.

„Habt ihr einen Beweis für die Rückkehr des Wandlers?"

Hörte sie einen Lord sagen. Sie nahmen die Gefahr nicht ernst. Einige von ihnen waren dabei gewesen, als er verbannt wurde. Wie konnten sie die Gefahr nicht sehen?

„Und wenn er diese Schätze stiehlt, warum sollten wir dann in Gefahr sein?"

Die anderen lachten lauter. Neben ihm saß ein älterer Lord, der sich zu Wort meldete.

„Lady Silvana, wenn der Wandler wieder zurück sein sollte, dann werden wir ihn dieses mal einfach töten!"

Er grinste gehässig. Die Lords stimmten wieder in ein lautes Gejohle ein. Silvana konnte es kaum fassen. Sie setzte nochmal zum Reden ein doch das was sie sagte, erreichte die Lords nicht.

„Es ist notwendig, dass wir die nächsten Schritte planen!"

Sie sprach entschieden, aber keiner hörte sie. Sie war fassungslos und die Wut stieg in ihr auf.Ihre Hände zitterten. Ein blick hinüber zu Lord Wegless verriet ihr, dass auch er sie nicht unterstützen konnte. Doch dann!

„SCHWEIGT!!"

Das Gelächter erstarb sofort, als eine laute tiefe Stimme den gesamten Raum erschüttern lies. Lord Aragrim fiel sogar beinahe von seinem Stuhl. Hinter Silvana stand eine Holztür offen in der gerade ein riesiger blonder Mann mit kurzen Haaren und einem Waffengürtel in kompletten dunklem grün stand. Er trug eine Sonnenbrille mit runden Gläsern und ein breites Grinsen im Gesicht. Dazu trug er Leder Handschuhe. Sein Name war Blemqvist.

5

Über Blemqvist erzählte Großmutter nicht viel. Er soll ein Söldner gewesen sein, der seine Opfer

vorher quälte bevor er sie tötete. Er war brutal und gehorchte seinem Herrn blind.

Im Raum war es still geworden und nur seine schweren Schritte waren zu hören.

„Wie könnt ihr es wagen?"

Er schaute jedem einzelnen ins Gesicht, während er langsam mit vor seiner Brust verschränkten Armen um den Tisch ging. Seine Stimme klang, wie die eines Lehrers, der seine Schüler tadelt. Jeder fürchtete Vicious, doch noch mehr Angst hatten sie vor den Launen Blemqvists. An schlechten Tagen war er unberechenbar was ihn noch gefährlicher machte.

„Ist euer Respekt zwischen den Drogen und dem Geld verloren gegangen?" Er lachte gehässig.

„Ich sag euch was passiert!"

Seine scharfen Blicke durchlöcherten jeden einzelnen und in seiner Stimme schien jeder Respekt verloren gegangen zu sein. Er war zwar die rechte Hand von Vicious dennoch stand er nie über einem Lord. Silvana war sich trotzdem sicher, dass er nicht aus nächsten Liebe, oder Freundschaft zu ihr handelte.

„Lady Silvana spricht von jemandem der euch allen weitaus überlegen ist und ihr werdet euch der Sache annehmen!"

Seine Worte klangen klar und entschieden. Lord Aragrim flüsterte leise in seinen Bart hinein.

„Und was ist mit unseren Geschäften?"

Blemqvist tat so, als hätte er ihn nicht gehört und ging weiter, bis er direkt hinter ihm stand. Dann beugte er sich zu ihm runter. Alle beobachteten das Geschehen. Silvana wusste, dass niemand sich wünschte, dass ein Mann, wie Blemqvist hinter einem stehe.

„Geschäfte?"

Lord Aragrim schluckte und wurde bleich im Gesicht. Blemqvist haute seine Hand auf den Tisch der gefährlich knarrte.

„Es wird keine Geschäfte mehr geben um die man sich kümmern könnte, wenn der Schatz der Meere gestohlen wird!"

Darauf schwiegen alle wieder. Blemqvist richtete sich wieder auf und grinste wieder. Seinem Blick zufolge wusste er mehr als er sagte. Doch Silvana konnte sich nicht erklären woher.

„Wir alle leben und sterben nach den Gesetzen, die Vicious uns vorgibt und glaubt mir!"

Er sah jedem nochmal ins Gesicht.

„Wenn es nach mir ginge, wäre die Hälfte von euch schone lange tot, aber das ist eine andere Geschichte."

Seine Augen funkelten hasserfüllt und in seiner Stimme lag eine tiefe Bitterkeit. Silvana wusste, dass die Lords die Warnung ernst nehmen mussten. Vicious würde jeden töten, der seine Gesetze brach. Sie hielt inne. Alle würden sterben und wenn Vicious wollte auch sie. Silvana fühlte tiefen Dank für Blemqvist, aber sie konnte sich selbst verteidigen. Dann ergriff sie wieder das Wort.

„Schickt eure Sptizel aus und findet heraus was unser Feind vor hat und wie weit er Druck auf die Aquarianar ausüben kann."

Das war ihr letztes Wort und sie sagte es mit so viel Nachdruck, dass ihre Stimme im Saal widerhallte.

Ungewissheit

1

Wenn Großmutter mir ihre Geschichte erzählt, weist sie mich immer daraufhin, dass die

Geschichte nur so enden kann, wie sie es tut, wenn bestimmte Ereignisse geschehen, die man zu

ihrem Ursprung zurück verfolgt, deswegen erzählt sie mir an dieser Stelle immer von Ema. Ein von

den Guinariarn abstammender Mensch. Sie ist blind und eine Waise, aber dennoch hat sie etwas

auf sich genommen, was unser aller Schicksal betrug.

Zu dieser Jahreszeit war es sehr regnerisch. Am Himmel enthüllte sich eine schwarze Rauchwolke und am Horizont konnte man immer noch die Flammen sehen. Die Hilfeschreie von verzweifelten Menschen waren kaum noch zu hören, nur der Wind trug die letzten Stimmenfetzen mit sich. Ema trug ein schmutziges Bauernkleid und einen kleinen Beutel mit Proviant und einem Mantel mit sich. Mehr hatte sie nicht mehr aus ihrem Haus mitnehmen können. Das Dorf Dalos, dass vor kurzem noch ihre Heimat gewesen war, wurde von den Soldaten der königlichen Armee niedergebrannt. Ema konnte nicht schlafen und ist im Morgengrauen zum Brunnen gegangen und hatte von weitem schon den ersten Feuerball gesehen, der donnernd auf das Dorf niederging. Da war sie den ihr bekannten Weg zu ihrem Haus geeilt so schnell sie konnte. Sie hatte erst spät gemerkt, welche Kraft sie besaß und hatte es schnell geschafft damit umzugehen. Sie war blind, aber sie spürte die Anwesenheit von Lebewesen und konnte so sehen was um sie herum geschah. So führte sie ein beinahe normales Leben. Gerade eilte sie einen Abhang hinab ohne einen Baum zu berühren. Sie nutzte die Augen der Vögel und Insekten um so schnell es ging voran zu kommen. Familie hatte sie kein, dennoch starben Freunde und sie musste sich zusammen reißen um nicht zu weinen. Als erstes musste sie voran kommen und darauf aufpassen, weder Räubern noch Soldaten in die Hände zufallen. Es beruhigte sie, dass sie im Augenblick nur die Anwesenheit von Tieren spürte. Der Weg war steil, aber sie schaffte es die Büsche hinunter zu laufen ohne zustürzen. Es wehte ein kühler Wind zwischen den Bäumen hindurch und Ema wusste, dass sie auf dem richtigen Weg war. Sie musste erst ins nächste Dorf und dann weiter. Es war ein weiter Weg, aber sie wollte die Bewohner warnen, bevor die Soldaten das nächste Dorf angriffen. Der Schweiß tropfte ihr von der Stirn. Sie wurde müde, aber sie durfte nicht stehenbleiben.

2

Großmutter erzählte mir von Ema, aber ich verstand später, was es mit dieser Frau auf sich hatte.

Aasdoriel, zwei Tage später. Lord Aragrim hatte ein Landhaus am Stadtrand. Es lag im verborgenen in einem Wald. Es dämmerte bereits. Es war ungewöhnlich Still geworden. Die Tür zu seinem Arbeitszimmer öffnete sich. Ein Gast mein Lord. Lord Aragrim sah seinen Wächter an und erkannte sofort, dass er nicht ganz bei sich war. Seine Augen wirkten leer und hatten einen bläulichen Ton. Dann stockte er und brach zusammen. Der Lord rührte sich nicht und nahm seine Waffe vom Tisch.
„Aber, aber!"
Sagte eine dunkle Stimme. Kalt und ohne jede Emotion. Ein Mann mit grauem Anzug trat ein. Er hatte eine Glatze und dunkelblaue Augen. Es gab keinen Zweifel, dass es der Wandler war. Eigentlich hatte er gehofft ihn nicht so schnell zu begegnen. Tief in seinem inneren fürchtete er ihn. Schon früher hatte er für ihn gearbeitet und hatte Glück gehabt, dass er bei dessen Verbannung glimpflich davon gekommen war. Doch etwas hatte sich zu damals verändert. Seine Gestalt und seine Art war anders. Sofort füllte sich

der Raum mit Kälte. Keine Kälte, die man spürte wenn Vicious im Raum war. Es war eher eine erdrückende Kälte, die einem die Luft raubte. Lord Aragrim legte die Waffe zur Seite und verbeugte sich.

„Es freut mich euch zu sehen, Herr."

Der Wandler lächelte nicht. Er ging auf den alten Lord zu.

„Habt ihr bereits eine Einigung mit den Aquarianarn erwirkt?"

Der Lord schluckte. Er hatte seinen Auftrag nicht vergessen, aber es war sehr schwer an einen von diesen Leuten heran zukommen.

„Nein Herr, die Aquarianar schweigen und wollen den Ort nicht preisgeben." Die Stimme des Wandlers wurde ernster.

„Was verlangen sie?"

Lord Aragrim schluckte. Die Kälte wurde drückender.

„Sie reden um keinen Preis, Herr."

Antwortete der Lord nervös. Der Wandler drehte sich um und ging schweigend zur Tür. Eigentlich könnte er jeden Menschen auf dieser Welt brechen und er würde ihm alles erzählen. Die ganze Welt würde er verraten, aber die uralte Magie der Aquarianar erlaubt es ihnen nicht den Ort ihrer Herkunft zu verraten. Doch bevor er hinaus ging drehte er sich nochmal um.

„Ich werde mich selbst darum kümmer!"

Der Wandler verschwand noch bevor er die Türschwelle erreicht hatte.

3

Als es dunkel wurde, saß Lorenza auf einem Stein im Hinterhof der Festung und wickelte ihren Speer. Sie hatte ihn vor einigen Jahren von ihrer Mutter bekommen. Den Tag über hatte sie trainiert. In einem Gang der zum Hof führte, regte sich eine Gestalt. Lorenza drehte sich nicht um dennoch wusste sie, dass jemand da war. Die Gestalt verließ denn Schatten und ging auf sie zu. Ein junges Mädchen im alter von 14 Jahren. Ihr Name war war Maxine.

„Hallo, Max!"

Sagte Lorenza ohne sich umzudrehen. Das junge Mädchen trug ein knielanges, grünes Kleid. Sie setzte sich schweigend neben Lorenza. Als sich Lorenza zu ihrer kleinen Schwester umdrehte, sah sie sofort, dass die Kleine sorgen hatte.

„Was ist los, Max?"

Das Mädchen schwieg immer noch. Sie legte den Speer weg und legte einen arm um die schmalen Schultern ihrer Schwester.

„Was bedrückt dich, Schwester?>

Maxine presste die Lippen aufeinander und antwortete dann.

„Liebste Schwester, es Stimmt etwas nicht!>

Sagte sie mit ruhiger Stimme.

„Das Haus flüstert."

Sie sah zu Boden und suchte nach den richtigen Worten.

„Wir sind in Gefahr, also sprich bitte die Wahrheit!"

Nun schwieg Lorenza. Sie wusste nicht was sie darauf antworten sollte. Das Maxine äußerst intelligent war wusste sie schon seit sie auf der Festung angekommen war, doch wusste sie keine richtige Antwort.

Der Mond schien hell über ihnen, heller als sonst. Keine Wolke störte dieses Bild des Himmels. Lorenza sah hinauf.

„Max, womöglich werden schlimme Dinge geschehen, Dinge, die wir nicht beeinflussen können, aber wir werden vorbereitet sein."

Mehr sagte sie nicht und einige Wochen später geschahen sie...

Einige Tage später wurde Lord Bastjon getötet in seinem Haus aufgefunden. Der Mörder hatte keine Spur hinterlassen. Die anderen Lords wurden unruhig und die Geschichte nahm ihren Lauf. Die Organisation begann zu zerfallen. Der Wandler machte seine Präsenz eindeutig. Die Rufe nach Vicious wurden lauter. Doch seltsamer Weise kam keine Antwort. Selbst Silvana hatte Vicious schon länger nicht gesehen. Denn Vicious war fort. Niemandem hatte er etwas erzählt. Nicht einmal Blemqvist wusste, was mit seinem Herrn vor sich ging. Vicious lies niemanden zu sich und saß manchmal tagelang alleine in seinem Sessel wie in Trans. Er hatte angefangen Dinge zusehen, die wie aus einem anderen Leben stammten. Immer wieder Feuer und Schreie. Eine Frau, die versucht vor den Flammen zu entkommen, glaubte er. Doch er kam nicht dahinter was es damit auf sich hatte. Als gebe es eine Verbindung. Die Zeit wurde knapp. Er verlor die Kontrolle über das geschehen. Angst? Er fürchtete um Silvana. Alles hatte mit ihr angefangen. Er lächelte. Es geschah tatsächlich und zum ersten mal seit seiner Geburt würde er für jemanden sogar sterben. Was war wichtiger, oder richtig? Keine Antwort offenbarte sich ihm.

Macht der Vergessenen

1

Es war Mitternacht. Einige Tage zuvor hörte er vom Tod des Lords, da wurde ihm klar, dass die Zeit gekommen war. Vicious saß in seinem Sessel und sah hinaus zum Fenster. Das einzige Licht fiel durch die hohen Fenster, dennoch war es dunkel. Die Zeit war gekommen seinem Bruder gegenüber zutreten. Vor einer Stunde hatte er ihn schon gespürt und entließ jeden von seinem Posten. Blemqvist hatte er bereits vor drei Tagen hinaus geschickt, um nach Chechi zu suchen. Die Zeit drängte. Die Gewissheit war entschwunden. Er spürte den Wandler immer deutlicher. Was auch immer er war. Seine Anwesenheit stieg und selbst er, der die Kälte als seinen Verbündeten ansah, zweifelte. Seine Narben blitzten im Mondlicht. Eine ihm bekannte Stimme grüßte ihn.
„Guten Abend werter Vicious."
Der Wandler verließ die dunkelblaue Finsternis und starrte ihn an. Vicious grinste breit und seine Augen hüpften in ihren Augenhöhlen. Aufregung machte sich breit. Ein Gefühl, dass er bereits vergessen hatte.
„Sei gegrüßt Wandler!"
Vicious musterte ihn. Der Wandler lachte auf.
„Ich spüre deine Schwäche Vicious!"
Sein Gelächter hallte von den wenden her. Es klang als wenn Kreide auf eine Tafel stößt. Das hatte Vicious erwartet und auch er selbst fühlte sich nicht mehr bei Kräften, wie einst. Der Wandler ging einen Schritt auf den vernarbten Mann zu.
„Warum verlierst du deine Macht?"
Er breitete seine Arme aus und seine Blick zeigte eine gewisse Neugier.
„Dein kaltes Herz hat Wärme empfangen und nur deswegen bist du schwach

geworden. "

Seine Worte waren wohl wissend. Ja es Stimmte. Der Wandler konnte die Schwäche spüren und zerrte an ihr. Aus den grauen Ärmeln des Wandlers stieg ein schwarzer Rauch hinauf und formte sich zu jeweils einer Schlange, die wild um sich schlugen um ihre Beute zu erwischen. Vicious krallte seine Hände in die Lehnen seines Sessels. Er flüstertet.

„Du Teufel hast die Vergessenen befreit!"

Er kannte diese uralte Magie, die besser hätte verborgen bleiben sollen. Jetzt hatte sich sein Verdacht bestätigt. Sein Bruder war weit und tief gereist um an diese Macht zukommen!

„Nein! Die Vergessenen haben mich zu ihrem Herrn gemacht!"

Schon wurde Vicious in seinen Sessel gedrückt.

„Du wirst Teil der Vergessenen werden Vicious und auch du wirst mir folgen!"

Das wahnsinnig Lachen des Wandlers erfüllte den Raum. Seine Aura breitete sich weiter aus. Vicious spürte wie sein Körper zerquetscht wurde. Er schrie auf.

„NEIIIN!!"

Plötzlich wurde eine Kältewelle durch den Raum geschleudert, die den Raum zu Eis werden ließ. Das Glas zersprang und fiel wie Staub zu Boden. Vicious spürte jeden Zentimeter seines Körpers. Schwarzes Blut tropfte aus seinem Mundwinkel. Der Wandler hatte dies nicht erwartet und stand reglos vor der Barriere aus Eis. Sein Grinsen war verschwunden und sein Lachen verstummt. Ein verwunderter Gesichtsausdruck zeigte sich, aber seine Augen waren immer noch wild entschlossen. Er begann erneut seine Aura auszubreiten.

„Du wirst verlieren Vicious!"

Er machte einen Schritt auf die Barriere zu.

„Du gehörst mir! Ich werde jeden töten, der dir etwas bedeutet."

Seine Augen wurden noch wahnsinniger und seine Pupillen zitterten. Vicious Augen leuchteten hell auf und mit einem Wutschrei schleuderte er den Wandler, der das nicht kommen sah quer durch die Halle gegen die Rückwand. Als der Wandler sich aufrappelte war die Kälte verschwunden und mit ihr Vicious. Doch er störte sich nicht daran stattdessen lachte er auf und blickte auf seine Hände. Die Energie durchströmte seinen Körper und er fühlte sich lebendiger denn je.

An dieser Stelle fragte ich Großmutter immer was die Vergessenen denn sind. Zu Beginn schwieg sie immer, aber dann hat sie erzählt, dass die Vergessenen die Seelen sind, die von der lebenden Welt vergessen wurden. Seelen, die auf an ihrer Reise in die Ewigkeit in der Zwischenwelt stecken bleiben, weil niemand mehr an sie denkt. Jeder Gedanke an einen guten Freund, oder längst verstorbenen, hält die Seelen in sicherer Entfernung zu den Vergessenen. Diese ernähren sich von den Seelen, die weder an etwas glauben, oder die Hoffnung an das Gute verloren haben.

Fast zur selben Zeit in der Festung. Durch die Nacht hinweg bewegten sich Gestalten in schwarzen Mänteln auf die Festung Temoriel zu. Silvana saß in ihrem Zimmer und beobachtete die Kameras der Sicherheitsanlage. Sie ballte ihre Hände zu Fäusten und biss sich auf die Unterlippe. Die Wut stieg ihr ins Gesicht. Wie konnten diese Leute es wagen hier einzudringen. Dachte sie bei sich. Es klopfte an der Tür.
„Herein!"
Sagte Silvana und Ihre drei Töchter betraten das Zimmer. Alle hatten sich ausgerüstet und bewaffnet. Alexia und Lorenza waren mit Schwert und Schusswaffe nur die kleine Maxine war mit einer Schaltzentrale ausgerüstet, die mit dem Sicherheitssystem des Hauses verbunden war. Silvana ging zu ihrem Schrank hinüber und holte ihre Flinte und eine Handfeuerwaffe heraus. Für den Ernstfall hatte sich Silvana einen Plan ausgedacht, doch hätte sie niemals erwartet, dass der jemals eintreffen würde. Den Dolch trug sie an ihrem Gürtel und hoffte Vicous würde kommen.
„Mädchen, wir werden kämpfen müssen!"
Alle sahen sie mit ernsten Augen an. Dann richtete sich Silvana an Maxine.
„Max, du schleichst durch die Geheimgänge."

Maxine schluckte und nickte. Dann holte sie vier kleine Knöpfe aus ihrer Tasche.

„Seht her!"

Sie deutete auf ihre Hand.

„Das sind Ohrenstöpsel mit denen wir uns verständigen können."

Die Frauen sahen sie mit großen Augen an. Lorenza legte ihr die Hand auf die Schulter.

„Die hast du selbst gemacht, oder?"

Maxine lächelte etwas verlegen, zog einen silbrigen Faden von den Knöpfen ab und steckte sich einen ins Ohr und klebte den Faden an ihren Mundwinkel. Der Rest legte sich, wie von selbst auf die Haut und verband somit Mund und Ohr. Die anderen machten es ihr nach und es funktionierte. Silvana war stolz. Maxine war keine Aquarianarin und hatte keine magischen Fähigkeiten und als Blemqvist sie vor einigen Jahren zu ihr brachte, wusste sie nur, dass Vicious es so wollte.

„So meine Kleine, du solltest jetzt mal in den Gang."

Sie führte Maxine zur Wand und drehte einen Stein. Sofort öffnete sich völlig lautlos ein Riss in der Wand. Gerade als der Riss sich schloss, hörten sie ein Klirren im Erdgeschoss. Scheinbar betraten die Eindringlinge bereits das Haus. Silvana trat mit den Mädchen auf den Flur. Ihr geht nach rechts und ich gehe hier raus. Wir treffen uns in dreißig Minuten in der Küche. Dann trennten sie sich. Es blieb keine Zeit. Silvana hatte erwartet, dass sie allein Kämpfen würden. Es hatte sich die Tage angedeutet. Wachen hatte sie bis an den Türen nie gebraucht, aber das würde wahrscheinlich in diesem Moment auch nichts ändern, aber sie und ihre Töchter wussten sich zu verteidigen. Die einzige Sorge galt der kleinen Max, die bis jetzt noch nie gekämpft hatte. Sie war einfach nicht für den Kampf gemacht.

3

Vicious konnte in der ferne bereits die Festung sehen. Es war nicht mehr weit. Der Wandler hatte ihn sehr geschwächt, aber er musste handeln. Er blieb auf einem Felsen am Ufer stehen und schaute aufs Wasser hinaus. Dann ballte er seine flachen Hände, wie zum Gebet zusammen und konzentrierte sich. Ein weißer Schleier legte sich um seine Hände und an der Spitze seiner Finger erschien ein kleiner, Silber leuchtender Vogel. Dann flüsterte er.

„Marley, wir brauchen dich!"

Geräuschlos verschwand der Vogel zum Meer hinaus. Er atmete kurz durch und tat das selbe erneut. Diesmal flüsterte er.

„Blemqvist, beeil dich!"

Und der Vogel verschwand in die andere Richtung. Dann setzte er wieder zu seinen Sprüngen an und hüpfte leichtfüßig von Fels zu Fels und kam der Festung immer näher. Es galt keine Angst zu verlieren. Hier hatten sie es mit Mächten zu tun, die die Festung nicht allein abwehren konnte. Seine Schritte waren schwerer als sonst, aber er durfte nicht langsamer werden. Vor seinem Auge erschien Silvana's Gesicht und er trieb sich an schneller zulaufen.

Alte Freunde

1

Zwei Tage zuvor. Blemqvist hielt in der nähe des Hafens in Aasdoriell. Es war schwer genug den Ort zu finden an dem sich Chechi aufhielt. Er hasste diese Aufgaben. Schnellen Schrittes ging er Richtung Osten. Eine dünne steinerne Straße entlang. Die Häuser wurden weniger und immer mehr Natur kam zum Vorschein. Das Wetter schwenkte um. Es nieselte etwas. Die Tropfen blieben auf seiner Brille liegen und flossen nur langsam hinab. Immer wieder sah er sich um, dennoch war er sich sicher, dass ihm niemand gefolgt war. Sein dunkler Mantel flatterte im Wind und ab und an mal blitzte einer seiner Waffen auf. Nach einigen Metern erreichte er eine steinerne mit Moos bewachsene Treppe. Ein hölzerner Boden um schwang sie. neben der Treppe wuchs nur Bambus. Blemqvist grinste.

„Das ist wirklich genau der richtige Ort für dich!"

Sagte er zu sich selbst und stieg die Stufen hinauf. Als er nach oben sah, wartete bereits ein Priester auf seine Ankunft. Oben angelangt verbeugte sich der Mann, aber Blemqvist blieb reglos stehen. Der Priester hatte eine Glatze und war gerade mal halb so groß wie Blemqvist selbst. Der glatzköpfige Mann lächelte.

„Ich weiß, was ihr begehrt, folgt mir und ich bringe euch hin."

Dann verbeugte er sich und schritt voran, ohne eine Antwort zu erwarten. Sie betraten einen kleinen steinern Tempel. Der Priester führte ihn durch den Betraum, der mit Teppichen verhangen war, vorbei zu einer kleinen Tür am hinteren Ende des Raumes. Dann deutete er an, er solle jetzt alleine weitergehen. Blemqvist fühlte sich etwas Fehl am Platz an diesem Ort und öffnete ohne zu zögern die Tür. Dahinter war ein kleiner dunkler Raum. Keine Bilder, keine Teppiche nur ein kleines Feuer in der Mitte. Hinter dem Feuer saß, ein Mann gehüllt in ein Tuch, die Hände zum Gebet gefaltet und eine riesige Narbe die sich über seine linke Gesichtshälfte zog. Blemqvist nährte sich dem Feuer.

„Sei gegrüßt Blemqvist!"

Er antwortete nicht und blieb vor dem Feuer stehen. Sein Gesicht gab keine Informationen her und seine Augen beobachteten den Mann. Der Mann hinter den Flammen lächelte erheitert.

„Was führt dich hierher?"

Blemqvist antwortete nicht sofort. Einige Augenblicke später löste sich seine Anspannung. Er setzte sich auf den Boden.

„Vicious wünscht dich zu sehen, Chechi."

Seine Stimme klang ruhig, aber Chechi erkannte die Ungeduld in ihr.

„Du scheinst aufgebracht!"

Nun legte er seine Hände in den Schoss.

„Was wünscht Vicious?"

Blemqvist musterte ihn einen Augenblick.

„Du musst sofort mit mir mitkommen."

„Der Wandler ist wieder zurück."

Der Mann hinter dem Feuer erhob seinen Kopf. Er flüsterte er nur.

„Der Wandler...!"

Sein Blick wurde ernster. Natürlich kannte er den Wandler. Er kannte Geschichten, die in den letzten jahren im Norden erzählt wurden. Merkwürdige Dinge waren geschehen und die Toten wurden aufgeschreckt, aber Chechi war sich nicht sicher woher das rührte.

„Es war schwer genug dich zu finden und würdest du deine Aura vor Vicious nicht verstecken, müsste man dich nicht suchen."

Seine Stimme wurde lauter. Chechi lächelte nur.

„Ich kann mich nicht erinnern dich jemals so ängstlich gesehen zu haben!"

Jetzt wurde Blemqvist wütend und schlug die Faust auf den Boden, sodass der Stein brach.

„Ich habe keine Angst!"

Doch Chechi redete ruhig weiter.

„Es ist nicht falsch sich vor dem Wandler zu fürchten!"

„Nur wenn man etwas annimmt, kann man es bekämpfen."

Seine Stimme klang ruhig und rau und hallte in dem kleinen Raum wieder.
„Selbst ich habe Angst vor dem Wandler, weil er Vicious ebenbürtig ist."
Jetzt fing Blemqvist plötzlich an zulachen.
„Du bist ein geborener Killer, aber dein Gesäusel ist zum umfallen."
Jetzt stimmte Chechi in das Gelächter mit ein. Sie lachten lange, sodass der
ganze Raum hallte, doch als sie aufhörten, sagte Chechi mit ernstem Ton.
„Das ist der Unterschied zwischen uns beiden."
„Dein Herz ist kalt wie ein Stein."
„Du machst dir nichts aus dem Leben anderer."
Er schwieg einen Moment und Blemqvist musterte ihn neugierig.
„Meines hingegen, respektiert das Leben, ob ich es auslösche oder nicht."
Darauf fing Blemqvist wieder an zu lachen, aber Chechi beobachtete ihn mit
einer Spur sorge. Blemqvist grinste und sagte.
„Bereite dich vor, dann brechen wir sofort auf."

2

Einige Stunden später rasten sie über Berg und Tal. Blemqvist schwieg die
meiste Zeit und fuhr so schnell er konnte. Die Landschaft zog an ihnen vorbei,
wie eine Erinnerung, die schnell wieder verschwand. Die Sonne stand hoch
am Himmel. Chechi hingegen schien gelassen, doch je näher sie dem Ziel
kamen, desto angespannter wurde er.
„Der Wandler ist ein Wesen einer anderen Zeit."
„Er spürt weder Liebe noch Furcht."
Blemqvist sah kurz zu ihm rüber und schnaufte.
„Egal aus welcher zeit er kommt!"
Sein Mund verzog sich zu einem hämischen Grinsen.
„Jedes Lebewesen empfindet irgendwann Angst!"
Er sah seinen Freund durchdringend an.
„Man muss es der Kreatur nur zeigen!"
Darauf antwortete Chechi nichts. Er kannte Blemqvist lange genug. Worte
fügten Leid zu, aber wenn man gesehen hatte wozu Blemqvist in der Lage
war, so musste man zugeben, dass er auch immer Taten folgen ließ.

3

Die Festung hatte sich in ein Schlachtfeld verwandelt. Die Eindringlinge hatten Feuer gelegt und jeden Raum den sie durchsuchten, zerstörten sie. Man hörte hier und da Geschrei und Rufe.

Silvana hatte bereits einige getötet doch es schienen immer mehr zu werden. Das schlimmste jedoch war, dass sie nicht wusste ob der Wandler ebenfalls in der Festung war. Sie ging langsam einen Gang im Obergeschoss entlang. Alles schien ruhig. Dann hörte sie auf ihrer linken Schritte in der Galerie. Die Tür war angelehnt. Die Männer rissen Bilder von den Wänden und warfen Schränke um.

„Los, zünden wir die Bude an!"

Sie lachten auf. wie ihr schien waren das wohl noch Anfänger, die nicht wussten, wie man einen Raum sicherte. Sie schob sich schnell und ohne zu zögern durch die Tür. In der einen Hand hielt sie die Flinte und in der anderen ihre Handfeuerwaffe. Mit drei schnellen Schüssen gingen die Männer gleichzeitig zu Boden und blieben reglos liegen. Dann ging sie wieder in den Flur und schloss die Tür hinter sich. Niemand wusste wie viele Eindringlinge es gab, aber sie wusste, dass es lange dauern würde alle aufzuspüren.

4

Lorenza hingegen lief von Ecke zu Ecke und verbarg sich im Schatten. Sie hatte bereits mehreren Männern lautlos die Kehle aufgeschnitten. Über Funk flüsterte sie Maxine immer wieder zu wann sie welches Licht ausmachen sollte. Es war leicht im eigenen Haus zu töten, weil der Gegner sich nicht auskannte. Doch es wurden immer mehr. Aus einem Fenster der oberen Stockwerke beobachtete sie immer wieder dunkle Gestalten, die die Festung betraten.

Maxine bewegte sich sicher zwischen den Wänden und hatte alles im Blick. In einer Situation musste sie umkehren, weil Rauch in den Gang getreten war, womöglich durch ein Feuer, dass die Männer gelegt hatten. Die Gänge gab es schon sehr lange nur seit Maxine im Schloss war, konnte man sie vorteilhaft nutzen. Sie waren nicht sehr hoch und mit Spinnweben übersät, aber man konnte so gut wie jeden Winkel des Hauses erreichen.

Alexia hingegen, stürzte sich mit ihrem Schwert in die Schlacht. Die Männer wussten nicht wie ihnen geschah. Sie schossen immer wieder in ihre Richtung, aber entweder wich sie den Kugeln aus, oder sie bildete eine Feuerwand, die die Kugeln in der Luft schmelzen lies. Sie kämpfte sich geradezu in einen Blutrausch. Das Training war eine Sache, aber der richtige Kampf beflügelte sie noch viel mehr und sie genoß jeden Hieb.

Währenddessen erreichte Silvana einen äußeren Korridor. Immer wieder schaute sie hinaus und beobachtete wie immer mehr schwarze Mäntel das Gelände betraten. Plötzlich blieb sie stehen....

Puppen

1

Sie beobachtete weiter die Mäntel. Sie bewegten sich fast alle gleich und ihre Gesichter waren leer. Ohne Emotionen. Nicht alle waren so, da war sie sich sicher. Einige blickten entschlossen herein und riefen andere zu sich, aber andere bewegten sich einfach nur bewaffnet auf die Grundmauern zu.
Da fiel es ihr auf. Es waren Illusionen. Hinter ihr bewegte sich etwas. Dunkle Schatten stoben auf sie zu. Sie feuerte weitere Kugeln ab. Die Schatten gingen zu Boden und standen nicht mehr. Doch in diesem Moment war sie zu langsam. Ein stechender Schmerz durchfuhr ihren linken Oberarm. Sie ließ ihre Waffe fallen und Machte einen Satz zur anderen Wand. Sie schaute in ein Gesicht, dass sie zuvor niemals gesehen hatte. Der Mann grinste breit. Er trug einen grünen Zylinder und dazu einen grün schwarz karierten Anzug.
„Wie gefallen euch meine Illusionen?"
Er verneigte sich auf eine höfliche jedoch, amüsierte Art und Weise. Dann wischte er sein Messer mit einem schwarzen Tuch ab und ließ es verschwinden. Silvana blickte an ihrem Arm hinab und sah die klaffende Wunde. Sie biss die Zähne zusammen.
„Dachte ich es mir!"
Spuckte sie.
„Alles ein fauler Zauber."
Insgeheim hoffte sie, dass ihre Töchter das Gespräch mithörten, aber es war still geworden. Er musterte sie mit der Zunge schnalzend.
„Verzeiht."
Als könne er Gedanken lesen.
„Ich habe eure Kommunikation unterbrochen."
„Ich hatte gehofft wir könnten uns allein unterhalten."

Seine Grimasse wurde breiter. Seine Haut war leicht grünlich, wie sein Anzug, aber er sah eher aus, wie eine Echse, als ein Mensch.

„Mein Name ist Grimas und ich würde mich freuen, wenn ihr mich einfach begleitet."

In seiner linken Hand erschien erneut sein Messer. Er folgte ihrem Blick.

„Ich benutze es sehr ungern."

Silvana schaute den Gang hinab und die Männer mit den schwarzen Mänteln warteten nur, um los zuschießen. Sie hatte keine Wahl. Sie ließ ihre Waffen fallen und ließ sich von zwei Männern durch den Gang geleiten. Der Fremde mit dem grünen Anzug tänzelte gut gelaunt vor ihnen her. Sie kannte diesen Grimas nicht, aber nach seinem Aussehen und seinem Kunststück zu urteilen, musste er ein Dämon sein.

2

Lorenza hatte es geschafft ungesehen in die Küche zu gelangen, aber niemand war da. Sie schlich weiter durch einen Seitenflur der zur Eingangshalle führte. Während sie weitere Männer getötet hatte, kamen sie ihr wehrlos vor. Nicht alle, aber viele von ihnen, als hätten sie keine Seele. Der Funk hatte vor einigen Minuten auch ausgesetzt, was die Sache noch viel schlimmer machte. Irgendetwas ging hier vor sich, wovon sie nicht wusste. Etwas stärkeres als bloße Physis hatte sich hier eingemischt. Etwas dunkles und sehr starkes.

Maxine hatte sich im Kellergeschoss verschanzt und konnte durch die Fallen des Hauses einige Männer ausschalten, dennoch machte sie sich große Sorgen. Sie hatte Angst um ihre Mutter und ihre Schwestern. Auf den Kameras hatte sie ihre Schwestern entdeckt und folgte ihnen, aber ihre Mutter war auf keiner zu finden. Den Funkverkehr versuchte sie auch wieder herzustellen, aber es gelang ihr nicht. Die Angst schnürte ihr die Kehle zu und am liebsten hätte sie geweint, aber das durfte sie nicht. Ihre Schwestern weinten nie. Sie waren immer stark gewesen. Jetzt musste sie auch stark sein.

Mittlerweile brannte die halbe Festung, aber nicht, weil die Eindringlinge Feuer gelegt hatten, sondern, weil Alexia alles niederbrannte und tötete was ihr im Weg stand. Sie hatte aufgehört zu zählen.

„Töten, oder getötet werden!"

Diesen Satz wiederholte sie während des Kampfes immer wieder und ließ jeden ihr Feuer spüren. Sie begann das Gefühl zu lieben und es breitete sich in ihrem Körper aus, wei etwas, dass sich vom Tod anderer nährte. Ein Gefühl des Glücks überfiel sie, wie sie es zuvor noch nicht gespürt hatte. Wie im Rausch einer Droge vergass sie die Welt um sich herum und tötete!

3

Der Mann mit dem Zylinder führte sie in die Eingangshalle. Die Männer setzten Silvana auf dem Teppich der zur Treppe führte ab und bildeten einen Kreis um sie. Silvana drückte sich den schmerzenden Arm ab. Das Blut lief über ihren Ellbogen und tropfte auf den Boden. Sie schaute zu Grimas hinauf, der sie kaum beachtete und sich fröhlich grinsend umsah.

„Schön habt ihr es hier."

Er tippte sich an die Unterlippe und schwieg einen Moment, als würde er auf etwas warten. Dann schaute er nach rechts über seine Schulter.

„Ah, er ist da!"

Neben ihm tauchte aus einem tiefschwarzen Rauch der Wandler auf. Sie erkannte ihn sofort. Einst hatte er vor ihr auf dem Boden gelegen, aber dies lag schon lange zurück. Ganz in grau gekleidet stand er nun vor ihr und hatte eine erschreckende Grimasse in seinem Gesicht. Doch war etwas anders an ihm.

„Lady Silvana!"

Sagte er mit seiner tiefen Stimme und lachte so laut, dass die Halle erbebte. Silvana zuckte dabei zusammen.Sie durfte ihm keine Angst zeigen. Keine Genugtuung würde sie ihm geben, auch wenn es ihren Tod bedeuten würde. Dann schritt er langsam um sie herum und betrachtete die Männer.

„Schöne Illusionen Grimas."

Bemerkte er beiläufig. Er sah den Zylinder an, der sich erfreut verbeugte.

„Zu euren Diensten Herr."

Dann wandte er sich Silvana zu.

„Und wie ich sehe hast du mir die Person gebracht, die ich suche!"

Grimas verbeugte sich erneut verlegen. Silvana sah ihn finster an, aber er konnte die Furcht in ihren Augen sehen. Sie kämpfte dagegen an, aber sie hatte keine Chance.

„So schwach, aber dennoch entschlossen!"

Er lachte und griff ihr mit seiner rechten Hand an die Kehle. Einen Augenblick später hielt er sie hoch in der Luft, als würde sie nichts wiegen.

„Ihr werdet jetzt sterben, Silvana!"

Sie starrte in seine toten Augen. Sie hatten sich zu damals verändert. Der selbe Hass loderte in ihnen , heller denn je. Das Ende würde gleich kommen. Ihre Gedanken galten ihren Töchtern und Vicious. Alles zog vorbei und schien vor seinen Augen zu sterben. Eine Träne lief ihre Wange hinab. Sie keuchte nach Luft. Er fing wieder an zu lachen. Pure Genugtuung spiegelte sich auf seinem grausamen Gesicht wieder.

„Jetzt seid ihr es die winseln sollte!"

Er begann wieder zu lachen.Doch plötzlich hallte ein Schuss durch die Halle. Die Kugel traf den Wandler direkt am Hals, der Silvana fallen ließ und zurück wankte. Sie landete hart auf dem Boden. Der Wandler hielt sich den Hals, als eine dunkle Flüssigkeit zwischen seinen Fingern erschien. Silvana drehte sich um und sah Lorenza mit gezogener Waffe auf sie zukommen. Lorenza erwartete jeden Moment, dass die Männer auf sie losgehen würden, aber es passierte nichts. Während sie jeden ganz genau beobachtete, hob der Wandler die Hand und keiner rührte sich. Er begann erneut zu lachen. Alle stimmten in sein Lachen mit ein. Selbst Grimas schmunzelte.

„Seht her!"

„Fräulein Lorenza beehrt uns mit ihrer Anwesenheit!>

Er nahm seine Hand von seinem Hals weg und dass einzige was von ihrem Schuss übrig war, war das dunkle Blut, dass aus einer Wunde kam, die wieder verheilte. Lorenza ging mit gezogener Waffe zu ihrer Mutter, ohne auch nur eine Sekunde den Blick vom Wandler zu nehmen, der sie mit ausgestreckten Armen erwartete.

4

Währenddessen stand der Hintere Teil des Gebäudes völlig in Flammen. Es loderte ein Feuer, dass in dieser Welt noch niemals gebrannt hatte. Keuchend und blutend stand Alexia in einem Ring aus Flammen. Die Augen gerötet, als würden sie brennen. Sie dachte nicht mehr. Kein Gedanke an ihre Schwestern, oder ihre Mutter war noch vorhanden. Alles in ihr brannte. Das Feuer hatte die Macht an sich gerissen und ihre Gegner verbrannten zu Asche und lösten sich augenblicklich auf, wie auch die Umgebung um sie herum. Der Ring wurde größer und heißer und die Männer traten immer wieder einen Schritt zurück bevor sie zur nächsten Angriffswelle ausholten.

5

Von weiter ferne auf dem Meer blieb das Feuer keinem Auge verborgen. Ein Schnellboot raste auf die Küste zu. Es war pechschwarz und im Dunkeln kaum zu erkennen. Darin zwischen feinster Technik und den Bildschirmen saß Marley am Steuer. Sein Haar war grau, sein Gesicht unrasiert und er wusste, dass kaum noch Zeit war. Er musste zwischen den Felsen durch um zum unterirdischen Hafen zu kommen. Seine Augen waren müde, aber er war wild entschlossen. Es war sehr selten, dass Vicious ihn um Hilfe bat und in den letzten 20 Jahren hatte er nichts mehr von ihm gehört. Eigentlich hatte er sich zur Ruhe gesetzt. Sein halbes Leben war er in seinem Dienst gewesen bis ihn das Alter einholte und Vicious gewährte ihm seinen Wunsch zu gehen, aber wenn sein Herr seine Hilfe benötigte, war er stets zur Stelle ohne zu zögern.

Auch Blemqvist und Chechi beobachteten das Feuer. Dann klingelte es. Blemqvist ging ran.
„Hallo?"
Er mochte es nicht wenn man ihn anrief.
„Ich bin´s Maley!"
Blemqvist schwieg. Die Lage war schlechter als er gedacht hatte. Vicious würde Marley nur im Notfall kontaktieren.
„Ich habe eine Nachricht von Vicious bekommen. Wir müssen die Mädchen aus dem Schloss schaffen!"
Blemqvist verzog sein Gesicht.

„Marley, warum mischt du dich jetzt auch noch hier mit ein?"

Er mochte Marley überhaupt nicht. Es wunderte ihn, dass Vicious ihn sogar rief.

„Vicious will es so und ich bringe euch da raus, also sammelt alle ein und bringt sie in die Grotte am Ufer!"

Dann legte er auf. Chechi hatte ihn beobachtet.

„Nach deinem Blick zu folge ist Marley auch da!"

Blemqvist spuckte aus dem Auto und knirschte mit den Zähnen.

„Ja!"

Ewiges Feuer

1

Alexia stand in der Mitte der Bibliothek. Bücher und Regale brannten lichterloh. Das Feuer brach aus den zerbrochenen Fenstern. Die Eindringlinge hatten sie umzingelt. Nichts bleib verschont. Das Schwert in ihrer Hand glühte. Das Feuer beherrschte sie. Sie spürte kein Mitleid. Jeder der ihr zu nahe kam verbrannte unweigerlich. Das Feuer in ihr wurde immer heißer, selbst der Boden um sie war kohlschwarz. Sie hörte eine leise Stimme in ihrem Kopf.

„Lass es brennen!"

„Alles muss brennen!"

Die Stimme in ihr wurde lauter und ihr Kopf fing an zu brennen.

„Verbrenne alles!"

Sie schrie auf!

Chechi kannte Marley. Ein etwas schwieriger Charakter, weil er ziemlich wechselhaft war. Da war Blemqvist leichter ein zu schätzen. Blemqvist hingegen schwieg und starrte wütend auf die Straße. In der Vergangenheit sind einige Dinge zwischen den beiden vorgefallen. Blemqvist war zu beginn seiner Zeit bei Vicious Marley unterstellt worden und die Spannungen zwischen den beiden waren oft nicht zu übersehen. Dennoch erregten die schwarzen Rauchwolken bereits seine Aufmerksamkeit.

Blemqvist und Chechi hatten in der Zwischenzeit das Gebäude betreten. Sie waren durch einen Liefereingang ins Gebäude gelangt. Mehrere Leichen lagen bereits im Eingang. Sie waren entweder verbrannt, aufgeschlitzt oder erschossen worden. Die Gänge lagen im Dunkeln und wurden nur gelegentlich vom Mond erhellt. In diesem Moment hörten sie einen Schrei und folgten weiter dem Rauch. Wenige Momente später erreichten sie die brennende Bibliothek. Sie erkannten die Männer in den Schwarzen Mänteln, die eine brennende Frau umstellten. Sie schrie und schoss immer wieder Feuerbälle aus ihrem Körper heraus. Blemqvist wollte weiter laufen doch Chechi hielt ihn zurück.

„Ich erledige das!"

Blemqvist lachte kurz auf.

„Lass mir doch den Spaß!"

Er deutet auf die Eindringlinge. Doch Chechi presste die Lippen zusammen und wurde ernst.

„Ich muss sie aufhalten, sonst stirbt sie!"

Blemqvist hielt inne und sah zu Alexia rüber. Er hasste es Befehle entgegen zu nehmen, aber er wusste, dass Chechi recht hatte.

„Na gut, ich sammle den Rest ein!"

Dann lief er durch ein Tor zu ihrer linken Seite um um das Feuer herum zu kommen.

3

Alexia spürte, wie ihr Körper brannte. Kleine Blasen bildeten sich auf ihrer Haut. Sie verbrannte doch sie konnte es nicht mehr kontrollieren. Die Stimme in ihrem Kopf wurde immer lauter.

„Lass dich vom Feuer leiten!"

„Du bist das Feuer!"

Die Schmerzen waren kaum noch zu ertragen. Sie bekam kaum noch Luft und die Angreifer kamen näher, weil sie merkten, dass sie schwächer wurde. Nach einem weiteren Feuerball der gegen eine Wand prallte, knickte sie ein. Einer der Mäntel stürzte von hinten auf sie zu, aber sie verwandelte ihn mit einer Handbewegung zu Asche. In ihre Nase stieg der Geruch von verbranntem Fleisch und sie ging zu Boden. Nur verschwommen nahm sie wahr, was als nächstes geschah. Als würde eine Flutwelle hereinbrechen, wurde es laut. Lauter als das Knistern von brennenden Büchern und lauter als die Stimme in ihrem Kopf. Die Männer, die gerade auf sie losstürzen wollten, wurden durch die offenen Fenster nach draußen geschleudert, als wären sie nur Spielzeuge. Dann ohne Vorwarnung tauchte eine Gestalt vor ihr auf und es wurde dunkel. Die Stimme schrie in ihrem Kopf.

„Neeeeeiinn!!"

4

Chechi hielt sie fest bevor sie zur Seite kippte. Er bildete eine Wasserkuppel um sie herum. Der Dampf stob in die Luft. Mit aller Kraft konzentrierte er seine Energie um Alexia zu löschen. Das Feuer musste zurück gehen. Adern standen ihm vor Anstrengung auf der Stirn, aber er durfte nicht aufhören. Seine Hände fühlten sich an, als würden sie verbrennen und er merkte, wie sein ganzer Körper erhitzte, doch er durfte nicht aufhören. Er hielt sie an den Armen fest. Es gab nur eine Möglichkeit sie zu retten und dabei musste er seine eigene Kraft einsetzen. auch er war ein Aquarianar, aber er beherschte das Wasser. Schon bei der ersten Berührung, verdampfte so viel Wasser, dass sich der ganze Raum mit Wasserdampf füllte. Dann mit letzter Energie sah er wie sie ihre Augen aufriss. Er ließ die Kuppel zusammenbrechen. Sie keuchte und sah ihn mit weit aufgerissenen Augen an. Er sah ein Flehen in ihren Augen, bis sie ohne ein Wort zusammen brach.

Ein Ausweg

1

„Es freut mich, dass sie kommen konnten!"
Sie zielte immer noch auf den Kopf des Wandlers, doch der schien davon
völlig unbeeindruckt.
„Warum nehmt ihr nicht eure Waffe runter?"
Er ging einen Schritt auf sie zu.
„Ihr habt doch gesehen, dass ihr mich mit euren Kugeln nicht töten könnt!>
Er lachte laut auf.
„Niemand wird euch helfen können!"
„Vicious ist geflohen!"
Lorenza starrte ihm immer noch in die kalten Augen und glaubte ihm kein
Wort. Vicious konnte nicht geflohen sein. Sie wusste, dass sie keine Chance
gegen ihn hatte, aber sie würde ihn mit allem bekämpfen, was sie im Stande
ist vor zu bringen. Wenn sie stirbt dann mit dem Gewissen alles versucht zu
haben ihren Gegner zu töten! Sie musste versuchen ihn von ihrer Mutter
fernzuhalten.

2

Marley raste gerade auf die Höhle zu. Mit risikoreichen Manövern hatte er die
Felsen umkurvt. Neben seinem Steuer versuchte er Kontakt mit der Festung
auf zu nehmen. Doch alles was er fand war ein winziges Signal, dass aus den
Kerkern kam und schwer zu knacken war. Die Unterwasserortung zeigte ihm,
dass der Weg nun frei war und er lies den Autopiloten fahren. Mit einigen

kniffen, bekam er dann doch eine Leitung.

„Ich spreche mit der Festung!"

„Antwortet!!"

Er wusste nicht ob Freund oder Feind, aber er musste es versuchen. Nach einigen Sekunden der Wartezeit, antwortet die Stimme eines jungen Mädchens.

„Hallo?"

Marley glaubte nicht, dass dies der Feind sein konnte. Er erinnerte sich an die kleine Max, als er vor einigen Jahren in der Festung war.

„Hier spricht Marley!"

Die Stimme am anderen Ende zitterte.

„Ich bin Maxine."

Marley durfte keine Zeit verlieren.

„Maxine, ich bin da um euch da raus zu holen, also musst du genau, dass tun was ich dir sage."

Maxine gab nur ein leises Okay von sich und hörte ihm zu.

„Ihr müsst alle in den Hafen in der Gruft kommen, von dort hol ich euch ab!"

Sie sagte wieder okay, dann wurde die Verbindung wieder unterbrochen. Marley hoffte, dass das Mädchen verstanden hatte. Ihrer Stimme zufolge geschahen dort gerade schreckliche Dinge und er konnte ihr nachfühlen. Er musste sich beeilen.

3

Maxine kannte die Stimme des Mannes nicht, doch spürte sie etwas Gutes. Sie hatte Angst und konnte ihre Schwestern und ihre Mutter nicht mehr erfassen. Sie packte ihre Sachen in ihren Rucksack und beschloss den direkten Weg in die Gruft zu nehmen. Dazu musste sie aber den Geheimgang verlassen, was alles etwas schlimmer machte. Sie konnte zwar kämpfen, wenn es sein musste, dennoch hatte sie Angst. Noch nie hatte sie gegen einen richtigen Feind gekämpft. ab und an mal, wenn ihre Schwester Lorenza zu Hause war, hatten sie geübt, aber dies hier war etwas anderes. hier ging es um den blutigen Ernst. Sie würde keine Chance haben. Es galt jetzt so schnell wie möglich die Gruft zu erreichen. Tränen schoßen ihr in die Augen. Sie hoffte, dass alle wohlauf waren.

4

Silvana saß auf dem Boden und hatte kaum noch Kraft. Das Messer hatte eine Wunde hinterlassen, die sich kaum stillen ließ.

„Nachdem wir jetzt alle so versammelt sind, werden wir nicht länger auf die anderen Gäste warten."

Der Wandler blickte mit starren Augen auf die Frauen herab.

„Nun werdet ihr nacheinander Sterben!"

„Erst wird die Mutter mit ansehen, wie ihre Tochter stirbt und Vicious wird nichts dagegen tun können!"

Sein Gelächter hallte in der ganzen Halle wieder und seine Leute lachten mit ihm. Lorenza wurde starr, aber dennoch zielte sie immer noch auf den Wandler. Der erste Schuss fiel. Das Lachen erstarb für einen kurzen Moment. Der Wandler wankte zurück, aber fing sofort wieder an zu lachen. Auf seiner Stirn klaffte eine Schusswunde, aber nichts passierte und sie Schoss erneut, aber das Gelächter erstarb nicht mehr. Mit einem Satz schoss er auf sie zu, holte mit der Hand aus. Lorenza sah in diese mitleidlosen Augen und wünschte sich, etwas um sie heraus zu reißen und sie zu zerfetzen, damit sie sie auf dem ganzen Kontinent verteilen konnte. Doch dann im Bruchteil einer Sekunde warf sich ihre Mutter zwischen sie. Sie sah in die Augen ihrer Mutter. Ihr blick war leer doch sie versuchte zu lächeln. Ihre Unterlippe zitterte.

„Lo, du musst leben!"

Lorenza sah an ihr herab, während das Blut ihr Kleid tränkte. Der Tod hinter ihr. Während Silvana zu Boden ging, betrachtete der Wandler seine rechte blutverschmierte Hand.

„Sieh an, Menschenblut!"

Dann lachte er erneut auf. Lorenza wankte zurück. Mit Unglauben sah sie ihre reglose Mutter an. Das durfte nicht wahr sein. Sie waren unantastbar und jetzt war ihre Mutter Tod!? Sie durfte nicht Tod sein! Der Zorn stieg in ihr herauf. Ihre Augen begannen hell zu glühen. Sie wollte dem Teufel alles entgegen schleudern was sie konnte. Der Wandler lachte auf.

„Was soll das werden Püppchen?"
Sie blickte ihn mit Verachtung an, konzentrierte sich und ließ einen
Energiestoß von sich, dass mit einem mal ein Wirbelsturm um sie herum
entstand und die gerade noch lachenden Männer davon schleuderte. Sie
schlugen gegen Wände, oder flogen direkt aus dem Fenster. Nur Grimas hielt
seinen Zylinder fest und der Wandler schien unbeeindruckt.
„Meinst du das beeindruckt mich?"
Sein Grinsen wurde breiter, aber seine Stimme klang messerscharf.
„Mutter und Tochter mit der selben Hand!"
Dabei hielt er sich die blutige Hand vor das Gesicht. Wieder holte er zum
Schlag aus. Doch der Wandler hielt inne und schaute sich um. Die Luft
veränderte sich. Der Raum schien zu verschwimmen und die Kälte gesellte
sich zu ihnen.
„Wir bekommen Besuch."
Sein Grinsen verschwand und sein Ausdruck wurde ernst.

5

„Halt bleib stehen!"
Maxine schaute nicht zurück und lief die engen Gänge des Kellers entlang. Sie
hatte nicht aufgepasst und drei der Männer in den Mänteln hatten sie
entdeckt.
„Komm her Kleine!"
Riefen sie, aber sie lief zielstrebig Richtung Gruft. Sie durfte nicht stehen
bleiben. In diesem Moment bog sie um eine Ecke und lief Richtung Treppe.
Sie konnte für ihr Alter schon ziemlich schnell laufen. Das Training mit ihren
Schwestern hatte sich bis hierhin ausgezahlt. Ihre Verfolger konnten sie bis
jetzt nicht einholen und sie kannte den Weg genau.

Blemqvist hatte einen Weg in die Kerker Gefunden. Unterwegs war er auf
mehrere von diesen Schwarzmänteln getroffen, aber wie es schien waren fast
alle Amateure. Er war gerade in einem schmalen Gang und hörte Schreie.
Dann hörte er schnelle Schritte. Leichte Schritte! Das musste eines der
Mädchen sein. Endlich fand er jemanden. Sie wurde verfolgt! Stellte er fest

und schlich langsam an der Wand entlang bis er an die Ecke kam, wo ein
weiterer Gang mündete. Er lud seinen Revolver und wartete. Die Schritte
kamen näher. An die Wand gedrückt horchte er. Dann lief sie an ihm vorbei
er sah ihr kurz nach und lauschte den etwas schweren Schritten.
„Wir haben sie gleich!"
Lachten die Männer. Dann verließ Blemqvist seine Position und stellte sich in
die Mitte des Ganges. Die Männer erschraken, doch ehe einer von ihnen etwas
tun konnte, feuerte er drei Kugeln hintereinander ab, welche die Männer
außer Gefecht setzten. Maxine drehte sich um und erkannte Blemqvist, der
ohne weiteres auf sie zu lief. In ihrer Panik umarmte sie ihn, weil sie sich so
sehr freute endlich wieder jemand nettem zu begegnen. Blemqvist verdrehte
die Augen. Seit Jahrzehnten hatte ihn niemand mehr umarmt und er schien
erst unschlüssig was er tun sollte, aber erfasste nach einigen Augenblicken
wieder die Situation.
„Los weiter!"
„Die anderen kommen nach!"
Maxine nickte nur und versuchte mit ihm Schritt zu halten.

6

Auch Chechi war auf dem Weg. Er spülte die Gänge frei und fand immer
weiter einen Weg nach unten. Alexia hatte er in eine Decke gehüllt und sich
über die Schulter geworfen. Sie atmete und das war das wichtigste. Er hatte
keine Zeit die Verwüstungen zu betrachten. Dennoch war er hoch erfreut, als
er Vicious Ankunft bemerkte.

Der Wandler hielt inne und starrte in die Luft. Er sah Lorenza nicht mehr.
Plötzlich flog ohne Vorwarnung das Haupttor auf. Ein eisiger Wind kam
herein. In der Mitte stand ein Mann mit langen schwarzen Haaren. Sein
Gesicht war vernarbt und seine Augen waren leer. Langsam drehte sich der
Wandler um.
„Vicious?"
„Du bist noch hier?"
Er lachte leise. Vicious schwieg und ging langsam auf den Wandler zu.

Grimas stand auf der stelle und beobachtete ihn wachsam.

„Ja, Bruder!"

Der Wandler lachte laut auf.

„Bruder?"

„Dein Bruder ist tot!"

„Ich bin es der vor dir steht!"

Doch Vicious ging Schritt für Schritt weiter auf ihn zu. Plötzlich erschienen dunkelgrüne Speere in der Luft und schossen auf Vicious zu. Lorenza hielt den Atem an und wollte gerade einen Windstoß gegen die Speere entsenden, doch Vicious ließ die Speere mit einer Handbewegung verschwinden. Dann blickten seine kalten Augen Grimas an. Das Lächeln verschwand und mit einer weiteren Handbewegung schleuderte es Grimas gegen die hintere Wand und er ging bewusstlos zu Boden.

„Du bist also der Wandler und nicht mehr Ventus?"

Lorenza stand da und hatte das Gesicht ihrer Mutter vor Augen. Sie schüttelte den Kopf. Sie musste bei klarem Bewusstsein bleiben. Der Wandler schwieg und ließ den Raum verdunkeln. Als wäre die Nacht herein gebrochen.

„Ja, ich bin der Wandler!"

„Stärker als du jemals sein wirst!"

Sie standen sich wenige Meter gegenüber. Der Boden begann zu zittern und zu beben.

„Willst du vielleicht nochmal eine Kostprobe meiner Macht spüren?"

Vicious ließ die Kälte in die Dunkelheit und es wurde so kalt, dass man seinen eigenen Atem sehen konnte. Lorenza sah sich um, doch jede Fluchtmöglichkeit war ausgeschlossen. Als wären sie in einer kalten, dunklen Kuppel gefangen. Nun sah sie den Wandler an.

„Die Vergessenen warten auf dich lieber Vicious!"

Der Wandler entließ einen schwarzblauen Energiestoß aus seiner Hand, die auf Vicious zu brauste, doch der Herr der Kälte entfesselte seinen Tod Bringer und die Strahlen trafen sich zwischen ihnen. Lorenza konnte die Energie auf ihrer Haut spüren. Doch etwas stimmte nicht. Vicious knickte ein. Auch sein Gegenüber merkte dies und sein Grinsen erschien wieder.

„Ich wusste, dass du zu schwach bist!"

„In deinem kalten Haus hat wohl jemand Feuer gelegt!"

Das Lachen des Wandlers hallte in der Dunkelheit wieder. Lorenza hingegen konzentrierte sich und schoss ihm in den Rücken. Ihre Hände zitterten, doch sie wollte ihre Mutter rächen. Die Energiekugel blieb stehen und der Wandler taumelte. Seine Grimasse drehte sich zu ihr um.

„Ihr seid ja auch noch da!?"

Als hätte er sie vergessen. Dann mit einer kurzen Handbewegung feuerte er eine dunkle Kugel auf sie, die sich im Flug zu einem riesigen Schwert verwandelte. Es ging alles so schnell, dass Lorenza nicht reagieren konnte. Das Schwert war schon kurz vor ihr doch plötzlich, packte sie jemand an der Hand und sie verschwanden in einem kalten Strudel. Sie konnte nichts mehr sehen, bis sie plötzlich harten Boden unter den Füßen spürte. Sie fiel zu Boden und der andere taumelte gegen die Wand. Lorenza schaute hinauf und sah wie sich Vicious keuchend an der Wand festhielt, dann sah sie sich um.

„Wir sind im Haus!"

Vicious packte sie an der Hand und zog sie ohne Mühe hoch.

„Los wir müssen in die Gruft!"

Als er ihre Hand berührte, war es so, als würde ihre Hand einfrieren. Lorenza kannte den Weg. Vicious humpelte und atmete schwer und sie versuchte ihn etwas zu stützen. Um den Weg schneller zurück zu legen gab sie sich etwas Aufwind um ihn besser stützen zu können. In Gedanken ging sie den Weg durch.

„Links, rechts, rechts, links!"

Dann kamen sie zur Schleuse. Am Hafen lag ein schwarzes Boot. Ein bewaffneter Mann mit grauem Haar winkte ihnen.

„Los jetzt!"

Rief er aufgeregt. Marley hatte kein Interesse noch länger hier zu bleiben. In den letzten Jahren hatte er die Ruhe schätzen gelernt, weit entfernt von Habgier und Hass.

Das Schnellboot fuhr durch die Nacht und verschwand auf dem offenen Meer. Hinter ihnen brannte die Festung bis auf die Grundmauern nieder und es war so als würde man in der Ferne des Ufers jemanden Fluchen hören. Trotzdem hatte sie den Tod ihrer Mutter zu beklagen und würden nie die Gelegenheit bekommen sie zu Grabe zu tragen.

Auf getrennten Wegen

1

Meine Großmutter redete nicht oft über die Stimmung und das Gefühl, dass sie während ihrer Flucht hatte. Alle schwiegen, nur Marley, redete ab und an mit sich selbst. Sie erzählte, dass sie bei ihrer Schwester gesessen hatte. Chechi behandelte Alexia und Blemqvist starrte vor sich hin. Es war bedrohlich ruhig. Nach stundenlanger Fahrt erreichten sie ein Schiff. Es hatte die selbe schwarze Farbe, wie das Boot. Nachdem sich eine Schleuse geöffnet hatte, fuhr das Boot in das Schiff hinein. Ein metallener Hafen im inneren eines Schiffes tauchte vor ihnen auf. Mir hatte Großmutter nie wirklich beschrieben, wie es wirklich war dort anzukommen. Als alle das Boot verließen, verschwand Marley, der Vicious stützen musste, als erster in diesem Labyrinth aus Metall. Es war so als hätte man ihnen das Leben geraubt. Nichts war mehr so, wie es war.

Marley wies jedem einen Schlafplatz zu. Von Vicious sah man die nächsten Tage nichts mehr. Chechi und Blemqvist tuschelten ab und an leise miteinander. Lorenza war in sich gekehrt und sprach wenig. Der Tod Silvanas verfolgte sie jede Nacht. Die meiste Zeit kümmerte sie sich um Alexia, die immer noch sehr schwach war. Ihre Schwester kämpfte gegen einen ganz anderen Alptraum. Maxine saß auf ihrer Pritsche und las ein Buch, dass sie aus dem Schloss mitgenommen hatte. Da klopfte es an der Tür. Der alte Mann stand da und lächelte kaum merklich.

„Hey!"

Maxine sah auf und nickte.

„Du hast dieses Sicherheitssystem in eurem Schloss entwickelt, oder?"

Maxine nickte erneut, aber sie wollte nicht darüber sprechen. Er wusste, dass er keine Antwort bekommen würde und lächelte stattdessen.

„Dann hab ich da etwas, dass dich interessieren könnte!"

Ohne wirklich zu reagieren, stand sie, wie mechanisch auf und folgte Marley in den Hauptkontrollraum.

2

Lorenza legte gerade ein neues kaltes Tuch auf die Stirn ihrer Schwester.

„Lo?"

Auf Lorenzas Gesicht zeigte sich zum ersten mal seit Tagen ein kleines Lächeln.

„Ja, Schwester?"

Alexia atmete kurz durch.

„Wie ist sie gestorben?"

Lorenza versagte die Stimme und sie senkte den Kopf, doch Alexia hob langsam ihre Hand an die Wange ihrer Schwester und streichelte sie. Sie hob den Kopf und drückte Alexias Hand.

„Sie hat mir das Leben gerettet."

Flüsterte sie leise. Lorenza dachte einen kurzen Moment, dass ihre Schwester ihr vielleicht Vorwürfe machen würde, aber das tat sie nicht. Das Gesicht ihrer Schwester erhellte sich.

„Ja, das dachte ich mir schon. Sie hat schon immer gekämpft, wie eine Löwin!"

„Mutter hat immer alles für uns getan!"

Tränen liefen Lorenza die Wangen hinab. Die Erinnerung an die letzten Momente ihrer Mutter setzten ihr schwer zu.

„Mutter hat wie eine Löwin gekämpft!"

Sagte sie stattdessen um diese Erinnerung damit abzuschließen und eine

Träne ran ihre Wange hinab. Alexia wischte zärtlich die Träne weg und und lächelte.

„Er wird dafür sterben!"

Ja das würde er. Lorenza würde nicht ruhen eher sie mit dem Wandler abgerechnet hatte. Hier ging es nicht um irgendeinen Auftrag. Es ging darum ihre Mutter zu rächen und auch wenn sie es nicht aussprach, würde sie sich sogar Vicious widersetzen, wenn es sein musste. Aufträge waren nie persönlich gewesen, aber das war jetzt etwas anderes. Es war kein Auftrag sondern ihr Schicksal den Mörder ihrer Mutter zu töten. Koste es was es wolle!

3

Chechi betrat am selben Tag zum ersten mal Vicious' Zimmer seit sie auf dem Schiff waren.

„Hier bin ich, Herr!"

Er verbeugte sich. Der Raum war klein und dunkel. Die Wände waren kahl und hinten an der Wand stand ein Sessel in dem Vicous saß. Er bewegte sich kaum.

„Chechi, komm näher!"

Chechi schritt langsam auf ihn zu bis er direkt vor ihm stand.

„Es geht zu ende mit mir mein Freund."

Chechi kniete sich vor seinen Herren und schaute auf seine Hände. Sie waren pechschwarz.

„Warum seid ihr nicht früher zu mir gekommen."

Er betrachtete die Hände näher.

„Ich hätte euch helfen können!"

Seine Stimme wurde lauter, doch Vicious lächelte nur.

„Nein, das hätte nichts gebracht."

„Die Vergessenen lassen niemanden entkommen, wenn sie einen in ihre Gewalt bringen."

Vicious sprach ruhig weiter.

„Morgen werde ich von euch gehen."

„Die Vergessenen werden mich in wenigen Tagen verschlungen haben und der Wandler weiß das auch, doch bevor ich gehe, gebe ich meinem Bruder, der hier irgendwo verschollen ist die Freiheit."

Chechi verstand nicht, was sein Herr ihm damit sagen wollte.

„Ich verstehe nicht!?"

Doch Vicious deutete ihm zu schweigen.

„Noch bevor die Vergessenen den letzten Rest aus mir herausreißen, breche ich den Fluch auf einen anderen Weg! Ein Weg der mir erst kürzlich in den Sinn kam!"

Chechi erinnerte sich an ein Gespräch, dass er vor langer Zeit mit Vicious hatte. Er war stets dagegen gewesen, weil es das Ende seines Herrn bedeuten würde.

- Frei von Sünde mit dem Blut der Familie und der Seele des Herrn vereint, bricht das Gefängnis und der Gott ward befreit!-

Das konnte nur bedeuten, dass sein Herr einen seiner Abkömmlinge gefunden hatte, oder nicht?

„Habt ihr euer Blut entdeckt Herr?"

Fragte er Hoffnungsvoll, aber Vicious schüttelte leicht den Kopf und gebot ihm zu schweigen.

„Das Glück und der Zufall werden über das Schicksal der Welt entscheiden!"

Er hielt kurz inne und sprach dann weiter.

„Ich habe für alle von euch einen Weg bestimmt um den Wandler auf zu halten."

„Manche Wege sind unergründlich und ihr werdet an Momente stoßen, die keinen Ausweg mehr bereithalten."

Seine stimme zitterte etwas aber er sprach weiter.

„Du, als Herr des Wassers, der die Elemente, wie kein zweiter kennt, sollst die junge Alexia unterrichten."

Chechi schwieg.

„Ich weiß was du denkst, aber dieses Mädchen mit ihrer vollsten Kraft kann, die Armee des Wandlers dem gar ausmachen, doch sie ist nicht soweit."

Vicious schwieg und sah seinen Untergebenen durchdringend an. Nun verstand Chechi was sein Herr verlangte.Ein Ausdruck von Bitterkeit zeigte sich auf seinem Gesicht.

„Ja Herr, ich werde mit Ihr nach Kesat Li reisen!"

Kesat Li ist einer der höchsten Plätze dieser Welt. Auch bekannt, als die Stadt über den Wolken.

Sie liegt hoch oben auf den Gebirgsketten der westlichen Welt. Kaum jemand kannte die Pfade, wie

die eigenen Bewohner und kaum jemand traute sich dahin.

Nachdem Chechi seinen Herrn verlassen hatte, betrat Blemqvist das Zimmer. Auch er verbeugte sich vor seinem Herrn.
„Was wünscht du, soll ich tun?"
Vicious lächelte kalt.
„Lass dieses Geplänkel Blemqvist!"
Vicious starrte ausdruckslos zu Boden, doch das Lächeln erstarb noch immer nicht.
„Du bist wütend auf mich, weil ich dir nie erlaubt habe nach den Mördern deiner Eltern zu suchen!"
Blemqvist schwieg, während Vicious weiter redete.
„Wenn morgen früh die Sonne über dem Horizont erscheint, werde ich euch verlassen und ich habe einen Wunsch!"
Zum ersten mal erhob Blemqvist seinen Kopf.
„Einen Wunsch?"
Nun grinste Vicious nicht mehr.
„Ja es mag dich überraschen, aber es ist kein Befehl!"
Blemqvist richtete sich auf und begann auf und ab zu schreiten mit verschränkten Armen hinter dem Rücken. Er dachte verbissen nach. Sein ganzes Leben lang befolgte er Befehle und zum ersten mal hatte sein Herr einen Wunsch! Die Wut stieg ihm ins Gesicht. Seine Eltern waren schon Jahre lang tot gewesen und immer wieder wollte, er losziehen und die Mörder suchen, doch sein Herr hielt ihn immer wieder zurück. Doch bevor er etwas sagen konnte sprach Vicious weiter.

„Du bist wütend auf mich!"

Er durchbohrte seinen Schüler mit seinen Blicken.

„Du warst ein einfacher Mensch, als ich dich fand und ich habe dir alles gegeben, was ich konnte und doch habe ich dir nie deinen größten Wunsch erfüllt, doch nun erlaube ich dir, wenn es dein Wille ist, den Mörder zu finden, dann sei es so, doch hoffe ich auf deine weitere Unterstützung!"

Blemqvist blieb reglos stehen und starrte zu Boden. In seinem inneren entfachte ein Kampf. Doch bevor er richtig über die Worte seines Herrn nachdenken konnte, sah er auf und sagte tonlos.

„Was soll ich tun?"

Vicious schloss die Augen und schüttelte den Kopf.

„Ich spüre den Kampf in deinem Inneren, aber nichts desto trotz fehlt uns nun die Zeit."

Blemqvist sah zu seinem Meister auf, aber statt ihn anzusehen, sah er nur noch einen grauen Schatten, der zu ihm sprach.

„Finde meinen Bruder!"

Er redete ohne Unterbrechung weiter bis ihm die Stimme versagte.

„Lady Lorenza soll dich begleiten und unterstützen!"

Vicious schluckte.

„Es ist ein Wunsch, Blemqvist!"

Blemqvist dachte nach. Über Jahrhunderte hatte Vicious nach seinen Bruder gesucht und nie gefunden. Doch bevor er seine Einwände loswerden konnte, sprach sein Meister weiter.

„Ich werde euch verlassen und mich meinem Schicksal hingeben. Doch als Schatten finde ich meinen Bruder und werde so seine Ketten sprengen!"

Blemqvist blieb stehen und starrte Vicious ungläubig an.

„Was ist wenn es nicht gelingt?"

Darauf wusste Vicious auch nicht mehr zu sagen und Blemqvit verließ gedankenverloren den Raum. Doch bevor er hinaus ging blickte er auf den Mann zurück, dem er alles zu verdanken hatte, was er nun war.

5

Am darauf folgenden Tag verschwand die Kälte in der Welt. Niemand sah nochmal nach ihm. Es wurde ruhig auf dem Schiff und jeder bereitete sich auf den Aufbruch vor. Alexia erwachte am Abend des selben Tages. Sie war zwar noch sehr schwach,aber sie konnte wieder aufstehen.Die Alpträume wurden nicht weniger, aber sie kämpfte gegen sie an. Jeder zog sich nochmal für sich zurück, bis eine durchsage von Marley die Stille durchbrach.

„Sie kommen, wir reisen ab!"

Marley hatte die letzten Stunden die Umgebung gescannt und mehrere Boote entdeckt, die auf sie zu steuerten.

Innerhalb von wenigen Minuten standen alle am Hafen. Marley stand schon bereit. Am Abend zuvor hatten sie sich bereits beraten.

„Beeilt euch, sie sind nicht mehr weit von uns entfernt!"

Er hatte recht, denn im nächsten Augenblick erschütterte eine Explosion das gesamte Schiff. Chechi half Alexia in ein U-Boot und setzte sich vorne an das Steuer. Mit einem Nicken verabschiedeten sich die Schwestern voneinander. In Alexias Blick lag etwas Wehmut, dennoch gab es keine Möglichkeit. Die nächste Erschütterung ließ Rohre von der Decke krachen. Marley ergriff Maxines Oberarm und zog sie zum schwarzen Schnellboot.

„Los, verschwindet von hier!"

Marley drehte sich nochmal um und sah wie Lorenza mit Blemqvist das andere Schnellboot bestiegen. Hinter ihm öffnete Maxine einen kleinen Computer und aktivierte mit wenigen Fingerbewegungen den Selbstzerstörungsmechanismus für das gesamte Schiff. Die Explosion würde im Umkreis von 20 Meilen alles in die Luft sprengen und es würde nichts mehr übrig bleiben. Maxine hatte ihm geholfen einen Sprengsatz zu konstruieren, der Verheerungen anstellen würde.

Während die Schnellboote sich unerkannt entfernten näherten sich mechanische Boote und Flugzeuge, die das gewaltige Schiff beschossen. Doch bevor der Feind wusste was geschah, gab es eine gewaltige Detonation. Ein Feuerball verschlang alles im Umkreis. Die fliehenden Boote worden durch die entstanden Wellen schwer mitgenommen doch die Gefährten überlebten. Der Nachthimmel färbte sich rot und der Rauch stieg hinauf und verschwand zwischen den Wolken. Die Druckwelle presste die riesigen Wassermengen aufs Festland. Am Ende blieb eine gewaltige Rauchwolke.

Wüstenläufer

1

Lorenza und Blemqvist nahmen direkten Kurs auf das Festland im Südosten.
Die Nacht war mittlerweile angebrochen. Blemqvist lenkte Wortlos das
Schnellboot, während Lorenza neben ihm saß und alte Karten studierte.
Gelegentlich nickte sie, oder seufzte. Es müssen Stunden vergangen sein, bis
das Festland vor ihnen auftauchte. In der Vergangenheit hatten beide nicht
viel miteinander zu tun gehabt, aber das würde sich jetzt ändern.
„Wir sind gleich da!"
Blemqvist grinste. Lorenza sah auf und legte die Karten zur Seite.
„Habt ihr einen Plan?"
Sie sah ihn fragend an. Sein Grinsen verschwand.
„Spar dir dieses "Ihr"! Die Organisation ist Geschichte!"
Sie schwieg, dennoch gab sie sich ehrfürchtig.
„Ihr seit eine respektvolle Person und deswegen werde ich euch weiterhin
betiteln."
Jetzt lachte er auf.
„Ich?"
Ihre Augen weiteten sich.
„Ich bin nichts weiter, als jemand vor dem man Angst haben sollte, mehr
nicht!"
Lorenza schwieg darauf. Sie hatte so etwas erwartet. Als Blemqvist einige
Tage zuvor auf sie zu kam und ihr von Vicious Plan berichtete, hatte sie schon
so etwas im Gefühl. Es würde nicht einfach werden, aber bisher hatte sie
jeden Auftrag bis zum Ende ausgeführt und das würde sich jetzt auch nicht
ändern. Das Land kam näher und vor ihnen lag breiter Strand. Nichts rührte
sich. Sie gingen in einer unbewonten Gegend an Land. Blemqvist betrachtete

die Schaltzentrale.

„Wir gehen hier an Land, aber wir müssen Schwimmen und schicken das Boot wieder aufs Meer hinaus, damit uns niemand folgt."

Lorenza nickte und sortierte die Karten in ihre Tasche. Das Boot wurde langsamer. Sie machte sich ihren Reisemantel um und hing sich ihren Rucksack um die Schulter. Auch Blemqvist machte sich bereit abzusteigen. Er stellte den Autopiloten ein und gemeinsam stiegen sie ins kühle Salzwasser. Schnell watteten sie ans Ufer. Blemqvist schüttelte sich.

„Wir müssen uns beeilen, sonst bringt uns die Kälte um!"

Doch während er versuchte seine Jacke auszuwringen, ließ Lorenza mit einer Handbewegung einen Windstoß entstehen, dass ihre Kleider trockneten. Blemqvist schaute kurz mit einer Grimasse zu ihr hinüber.

„Ihr Zauberer....!"

Dabei lachte er und sie machten sich auf die Wüste zu durchstreifen.

Blemqvist ertrug lieber die nassen Sachen, als dass er sich von ihr helfen ließ.

2

Das U-Boot bewegte sich stetig Richtung Westen. Alexia schlief während Chechi die Karten studierte und das Boot steuerte. Manchmal schwam ein Fischschwarm an ihnen vorbei. Hier und da erschien ein Schiffswrack es war still und friedlich, doch Chechi dachte bereits an den Aufstieg nach Kesat Li und über die Mograthügel. Die Mograthügel wurden von den Amogra bewohnt. Es sind kleine rattenartige Geschöpfe, die ihre Häuser unter der Erde bauten und an der Oberfläche nur jagten. Diese Hügel wurden sowohl von Menschen und anderen Kreaturen gemieden. Ein verwunschener Ort der meist nichts gutes bereithielt, wenn man sich dort nicht auskannte.

3

Marley steuerte das Boot Richtung Süden. Er kannte die Ozeane sehr gut und wollte so viele Meilen wie möglich zwischen sich und den Wandler bringen.

Ab und an blickte er über seine Schulter zu der kleinen Maxine hinüber, die auf der Bank in eine Decke gehüllt lag und schlief. Dass der Wandler ihre Energie spürte, wusste er, doch Marley wusste nicht, wie weit er Maxine bringen werden würde um aus seinem Umkreis zu verschwinden. Nicht ohne Grund hatte Silvana die Kleine aufgenommen. Sicher Vicious hatte sie zu ihr gebracht, aber Silvana war nicht dumm. Auch wenn es jetzt noch so schien, als wäre dies hier nur ein geniales, junges Mädchen.

4

Es waren Stunden vergangen. Blemqvist gab die Richtung an und Lorenza folgte ihm auf dem Fuße. Der Wind pfiff um sein Gesicht und der Sand klebte überall an ihm. Er hatte sich ein Tuch um den Kopf gebunden und sich in seinen Umhang gehüllt. Vor ihm lagen nichts als Sand und Hügel. Weit im Westen ging bereits die Sonne auf und es wurde wärmer. Sie liefen im stetigen Tempo. Ab und an drehte er sich um, aber er erblickte immer das selbe Bild. Seine Gedanken kreisten um den letzten Wunsch seines Meisters. Er wusste wo die Suche beginnen sollte, dennoch schwand seine Hoffnung den Ort so vorzufinden, wie Vicious ihn einst beschrieben hatte. Sein Herr hatte ihn gefunden, dennoch die Suche aufgegeben, aber er wollte es versuchen, doch der Groll blieb. Lorenza, die ihm wie ein Schatten durch diese Wüste folgte, dachte an die Karten und Informationen, die sie hatte, so wie es ihre Mutter ihr beigebracht hatte. Der Sand und die bevorstehende Hitze machte ihr keine Sorgen. Sie hüllte sich in ihrem eigenen Wind, der wie eine warme Brise in der Nacht und eine kühle Brise am Tag ihren Körper umspielte. Die langen Schatten wurden immer kürzer und die Hitze schlug auf sie ein, wie ein Hammer. Blemqvist gab immer noch das selbe Tempo vor, aber er spürte, wie der Schweiß seine Kleider durchnässte. vor ihm in der ferne breiteten sich drei riesige Berge aus Sand auf. Der Sand hatte sich bereits in jeder Pore seines Körpers festgesetzt, aber die Richtung stimmte. Doch nach Stunden ohne Rast spürte er die Anstrengung . Er hielt kurz an und deutete in die Richtung der Hügel und seine Begleiterin nickte ihm zu und sie liefen unentwegt weiter. Doch während Blemqvist wieder in seinen Gedanken versank, holte ihn Lorenza ein.

„Ein Sandsturm kommt auf uns zu!"
Rief sie ihm zu und deutete nach Norden. Er grinste nur und rief zurück.
„Woher weißt du das?"
Ausdruckslos antwortete sie.
„Der Wind hat es mir verraten."
Und tatsächlich bäumte sich aus der Richtung der Sand bedrohlich auf. Die
Sandwolken wurden schlagartig immer größer. Ohne Worte zogen sie das
Tempo an. Diese Sandstürme konnte man nie einschätzen und manchmal
verbarg sich etwas noch viel Schrecklicheres hinter ihnen. Sie rannten einen
Hügel hinab und entdeckten vor sich ein Wrack eines Wüstenschiffes. Es
muss eine Art Transporter für Lebensmittel gewesen sein, der in dieser
Landschaft nicht untypisch war. Der Sturm kam jetzt immer schneller auf sie
zu, aber sie schlitterten unter das alte Holz und der Sand fegte über sie
hinweg.

Die Hölle der Gomak

1

Ema konnte den Soldaten entkommen, aber als sie sich zu sicher fühlte, wurde ihr ihre Unachtsamkeit zum Verhängnis. Beim rasten an einem Bach, wurde sie von den Gomak aufgegriffen. Die Gomak sind Sklavenhändler, die jeden mitnahmen, der ihnen in die Quere kam. Sie wurde gefesselt und in einem Wagen davon geschafft. Nun fand sie sich in einem Verlies wieder in das sie geworfen wurde. Es war dunkel und kühl. Hier und da hörte sie ein Plätschern von Wasser, dass aus der wand tropfte, aber sonst nichts. Kein Lebewesen kann ihr die Augen leihen. Die Dunkelheit fing an ihr Angst zu machen. Sie setzte sich auf den Boden und umschlang ihre Knie mit ihren Armen und wartete. Doch die Hoffnung schwand immer mehr. Jeder Tropfen war wie das Vergehen einer Sekunde und es müssen Stunden vergangen sein. Schließlich nach einer endlosen Zeit, hörte sie einen Riegel, der verschoben wurde und sie konnte wieder sehen. Jemand kam mit einer Fackel den Steinigen Gang entlang, den sie bereits gesehen hatte.
„Los, aufstehen Mädchen.!"
Die Tür wurde aufgezogen und das Feuer brachte Licht in das feuchte Verlies. Ema rappelt sich auf und der Mann, der nach Zigaretten und Schnaps roch, packte sie am Arm und zog sie mit sich mit. Sie stiegen immer weiter auf und immer mehr Licht erschien und ihre Zuversicht wuchs,obwohl die Wände immer unfreundlicher wurden. Neben kaltem Stein fielen ihr Blutspuren und Kratzer auf, die auf der Fläche getrocknet sind. Sie gingen gerade auf eine Art Portal zu und dahinter hörte sie Musik und Stimmen. Eine große Halle aus Stein eröffnete sich ihr. In der Mitte waren Stühle und Tische aufgestellt, wo Männer tranken, aßen und sangen. Immer wieder wechselte sie ihren Blick

von Kopf zu Kopf, aber sie entdeckte nichts gutes. Am anderen Ende der Halle, stand ein riesiger Altar auf dem ein schäbiges, gepolstertes Sofa Platz fand. Rundherum hingen Stoffe, die wohl dafür gedacht waren den Raum festlich zu gestalten. Ein Feuer und die Fackeln erhellten den Raum, aber es war kein Tageslicht zu erblicken. Ihr Wächter zog sie durch die Menge bis vor den Altar, auf dem ein großer Mann Platz fand. Er ließ sich, wie es aussah von einer jungen Frau füttern, während er trank und sich mit einem Mann mit Rattengesicht unterhielt, der seine Weste mit Wein bekleckert hatte. Ema wurde vor den Altar gezerrt und auf die Knie gedrückt. Sofort drehte sich das Rattengesicht zu ihnen um.

„Worga, wen bringst du unserem Herrn?"

Ihr Wächter, der Worga hieß antwortete rau.

„Hier ist die blinde Gefangene!"

Er deutete in ihre Richtung.

„Die Einzige für die wir nichts kriegen!"

Ema schluckte. Was bedeutet es, dass sie sie nicht verkaufen können? Würden sie sie laufen lassen? Da drehte sich der große Mann um und starrte sie mit seinen kalten Augen an. Seine Wangen waren gerötet.

„Wir werfen sie dem Goramosch zum Fraß vor!>

Ihr stockte der Atem! Das ist ihr Ende. Worga zog sie an ihrem arm wieder hoch und zerrte sie grob in einen Tunnel der links neben dem Altar in einen weiteren Raum mündete. Ihr Wächter schob sie einige Treppen nach unten. Dann zog er eine metallene Tür auf und schubste Ema hinein, dass sie auf die Knie fiel. Die Tür knallte zu und sie war wieder allein, aber sie war nicht ganz allein. Sie ertastete im Dunkeln die steinige Wand und blickte durch die Augen der Ratte, die sich am anderen Ende des Raumes aufhielt. Sie kauerte sich müde und erschöpft an die Wand und hüllte sich in ihre Arme. Den Hunger spürte sie längst nicht mehr. Traurig blickte sie durch die Augen der Ratte und war froh nicht ganz allein zu sein.

2

Lord Wegless fühlte sich sehr unbehaglich, als die Lords sich erneut versammelten. Diesmal aber an einem anderen Ort. Sie wurden alle abgeholt von vermummten gestalten und standen nun alle in einem Haus, dass sie vorher noch nie betreten hatten. Der Boden war aus dunkel grauem Marmor und die großen Fenster wurden von schwarzen Gardinen bedeckt. Nach einigen endlosen Minuten ertönte eine tiefe Stimme.

„Willkommen!"

Die Stimme drang aus einer Ecke des Raumes zu ihnen. Der Gestalt, die die Stimme gehörte, offenbarte sich ihnen. Lord Vegam trat nach vorne und fixierte die Gestalt mit seinen scharfen Augen.

„Was hat das hier zu bedeuten und wer seid ihr?"

Ein tiefes Lachen ertönte und die Gestalt schritt auf die Lords zu.

„Ich bin der Wandler!"

Einige von den Männern hielten die Luft an, doch Lord Vegam ergriff erneut das Wort.

„Wo ist Vicious?"

Der Wandler lachte erneut, doch diesmal klang es bedrohlicher.

„Euer Herr ist nicht mehr!"

Lord Vegam, ein stets ehrenvoller Mann, trat einen Schritt auf den Wandler zu, der aber erneut lachte.

„Euer Herr und eure Organisation ist vergessen!"

Bevor einer der Männer irgendetwas erwidern konnte breitete der Wandler seine Arme aus und sein tiefes Gelächter drang durch die Nacht, als er die Formel sprach und die Männer von der Finsternis verschluckt wurden. Nachdem der Raum wieder aus der Dunkelheit auftauchte, hob er seine linke Hand und starrte darauf, als würde er auf etwas warten. Nach einigen Augenblicken erschienen fünf verschieden farbige Kugeln und drehten sich langsam im Kreis. Er grinste breit. Die Kugeln leuchteten heller, als jemals zuvor. Seine Macht wuchs immer mehr. Bald würde es soweit sein.

Die Stimme des Feuers

1

Die Sonne stand hoch am Himmel als Chechi das schwarze Boot in einen Sumpf steuerte. Es war zu gefährlich einen offenen Hafen an zu steuern. Alexia war mittlerweile wach geworden. Sie fühlte sich noch etwas schwach, aber dennoch rappelte sie sich auf und packte ihre Tasche. Langsam glitt das Boot ins Gestrüpp. Chechi lenkte es direkt ans Ufer, wo es sich verhakte. Sie waren weit in den Westen gefahren um dort in der Wildnis aufs Festland rüber zugehen. Chechi trug einen dunklen Reiseumhang und einen runden Hut, während Alexia in ihrem grauen Umhang hinter ihm her trabte. Schweigend folgte sie dem Weg, den Chechi vorgab um nicht im Schlick zu versinken. Die letzten Regentropfen fielen von den Blättern. Der Gesang von Wandervögeln begleitete sie, während sie die Südseite des Maomysumpfes erreichten. Sie hielten sich fern von der Straße und hielten sich am Fluss, der nach Süden führte. Rast machten sie kaum, dennoch kamen sie langsam voran. Alexia war noch nicht bereit für solch eine Reise und Chechi wusste dies, dennoch hatten sie keine Wahl. Nach einem Marsch von einigen Stunden machten sie halt an einer Flussgabelung. Die dicht stehenden Bäume und die Büsche ließen sie unsichtbar werden. Chechi setzte sich auf einen Stein und holte ein Stück Brot aus seiner Tasche. Alexia setzte sich schweigend auf einen anderen und starrte vor sich hin. Während er aß, sah er auf und hielt ihr ein Stück hin.
„Hier du musst essen!"
Sie sah auf und nahm es ihm ab. Dann sprach er weiter.
„Wir müssen weiter nach Süden und dann über den Pass von Mergol nach Nimorell."
Er biss noch ein Stück Brot ab. Dann brach sie ihr Schweigen.

„Wer ist der Wandler?"

Chechi schwieg einen Moment. Es war schwierig für ihn,dennoch wollte er sie nicht im Dunkeln lassen. Nachdem er das letzte Stück aufgegessen hatte, sah er sie zum ersten mal direkt an.

„Es ist sehr schwer das zu erklären, deswegen werden wir in Nimorell einen Freund aufsuchen, der dir mehr über ihn sagen kann, als ich es kann!"

Darauf schwieg Alexia eine Weile, bis ihre noch etwas einfiel.

„Warum bringt ihr mich nach Kesat Li?"

Chechi dachte sich schon, dass sie diese Frage stellen würde und grinste.

„Du trägst eine unglaubliche Macht in dir, aber du kannst sie nicht kontrollieren!"

Bedächtig sah er sie an. Sie sah ihre Hände an und betrachtete ihre Wunden. Chechi atmete tief durch.

„Hat das Feuer mit dir gesprochen?"

Sie sah zu ihm auf. Doch bevor sie etwas sagen konnte, sprach er weiter.

„Die Elemente sind mächtig und man sollte sie mit Respekt behandeln."

Als er aufstand, sprach er weiter.

„Dennoch sollte jeder Guinariar der Herr über sein Element sein und sich nicht von seinem beherrschen lassen. Seit je her gibt es zwei Seiten. Diejenigen, die die Elemente verehren und die die sie beherrschen. Es bedarf Jahre langer Übung sein Element zu kontrollieren."

Alexia sah wieder zu Boden.

„Es wollte, dass ich alles verbrenne."

Es war schwer für sie sich an diese Momente zu erinnern. Chechi schwieg, dennoch dachte er nach. Doch Alexia holte ihn wieder zurück.

„Wo sind meine Schwestern?"

Darauf wusste Chechi keine Antwort, weil Blemqvist und Marley sehr gut darin waren unentdeckt zu bleiben.

2

Weit im Süden legte Marley an der Südküste des östlichen Kontinents an. Er zog es vor in der Menschenmenge unterzugehen. Dort im Süden lag eine kleine Hafenstadt Namens Falos. Maxine war während der Reise etwas aufgetaut und fing an zu reden. Sie war zwar noch traurig, was aber nicht weiter verwunderlich war. Als sie noch auf hoher See waren, weinte sie oft, aber Marley tat alles um sie aufzumuntern. Es stellte sich heraus, dass Marley sehr gut mit Kindern umgehen konnte und er brachte die kleine Maxine oft zum lachen. Auch Maxine, die von Anfang an, vertrauen zu ihm gefasst hatte, fühlte sich etwas besser. Sie vermisste ihre Mutter sehr, aber die anderen halfen ihr und ganz besonders die Situation erlaubte es ihr nicht schwach zu werden. Ihre Mutter hatte ihr mal gesagt, dass auch wenn man tarurig ist und man sich am liebsten verkriechen wollte, sollte man nie den Moment an dem dies geschieht vernachlässigen, also schluckte sie ihre Tränen runter um ihre Mutter stolz zu machen und sie war sich sicher, dass ihre Mutter auf sie stolz war.

Die Wüstenpiraten

1

Der Wandler saß nun auf dem Sessel, auf dem zuvor noch Vicious Platz
genommen hatte. Der Raum war immer noch so dunkel und die Scheiben
waren immer noch gesprungen. Die Sonne erleuchtete die dunklen Fliesen
und die schwarzen Vorhänge spielten mit dem Wind. Die Guten Nachrichten
ließen auf sich warten und der Wandler hasste es zu warten.
„Grimas!"
Rief der Mann auf dem Sessel durch den einsamen Raum, als würde jemand
antworten. Und erneut.
„Grimas!!"
Dieses mal bestimmender. Plötzlich tauchte ein grüner Nebel auf, aus dem
der Mann mit dem grünen Hut und dem karierten Anzug trat. Wie aus dem
dunklen Schatten einer Laterne. Das Gesicht des Wandlers blieb reglos doch
erhob sich seine tiefe Stimme.
„Habt ihr sie?"
Das Lächeln auf dem Gesicht schien niemals zu verlöschen, doch gute
Nachrichten brachte er nicht.
„Oh mein Meister wir spürten sie auf und versenkten ihre Boote.>
Dabei verneigte er sich höflich.
„Auch das Boot mit dem sie flohen, spürten wir auf und es liegt nun auf dem
Grund des Ozeans!"
Seine Grimasse wurde breiter, aber sein Herr war nicht zufrieden und das
spürte er. Der Wandler stand auf und ging langsam auf ihn zu.
„Habt ihr ihre Leichen gesehen?"
Fragte er, aber wartete auf keine Antwort.

„Habt ihr gesehen, wie ihre toten Körper auf den Grund des Meeres gesunken sind?"
Das Lächeln auf dem Gesicht seines Dieners wurde zu einer verzerrten Grimasse.
„Nein mein Herr, aber wir sind sicher."
Sagte der Mann im grünen Anzug und verneigte sich noch mehr. Sein Herr blieb neben ihm stehen.
„Sicher?"
„Ja, oh Herr!"
Doch der Wandler unterbrach ihn und hatte ihn mit einem Griff an der Gurgel.
„Bringt mir ihre toten Körper!"
Seine Stimme donnerte durch den ganzen Raum. Die Glasscheiben wären in diesem Moment wohl eneut zersprungen.
„Ich will sie alle hier nebeneinander auf dem Boden liegen sehen!"
Damit verschwand der grüne Nebel. Der Wandler wurde noch wütender und der Boden fing an Risse zu bekommen. Er spürte, dass die Geflohenen immer noch am Leben waren. Nein! Sie würden es ihm nicht so einfach machen da war er sicher.

2

Der Sturm fegte über Blemqvist und Lorenza hinweg und begrub sie im Sand. Das Schiffswrack wurde von der Wüste verschluckt. Doch kurze darauf grub Lorenza sich und ihren Gefährten wieder aus. Der Sand flog in die Luft und wurde vom Wind verweht und beide krochen wieder an die Oberfläche. Blemqvist schüttelte sich und stand als erster wieder auf den Beinen.
„Danke!"
Sagte er leise und reichte ihr die Hand. Dennoch fühlte er sich nicht wohl dabei. Er hasste es wenn man ihm half. Sein Stolz stand ihm meistens im Weg und er rang sich selten dazu durch sich zu bedanken. Sie nahm dankend seine Hand an.

„Wie weit müssen wir noch laufen?"

Blemqvist sah sich kurz um und entdeckte die Berge wieder.

„Zwischen den Bergen liegen die Ruinen von Habela."

Er deutete nach Süden.

„Es war stets ein heiliger Ort gewesen und in den Inschriften finden wir Hinweise auf den Ort an dem Valerius begraben ist!"

Seiner Stimme war eine gewisse Sehnsucht zu entnehmen, aber Lorenza sprach ihn darauf nicht an. Sie warf sich ihre Tasche um die Schulter und sagte.

„Dann lasst uns weiter gehen!"

Die Sonne brannte mehr als zuvor. Die Stürme blieben nun aus, aber der Weg war noch weit. An einer ebenen Stelle blieben beide plötzlich stehen. Keiner rührte sich und beide hielten inne, bis plötzlich um sie herum Gestalten aus dem Boden auftauchten und mit Blasrohren Pfeile auf sie schossen. Lorenza reagierte instinktiv und wehrte alle mit einem Windwirbel ab und etwa zwei Meter vor ihnen fielen sie zu Boden. Aus den Augenwinkeln bemerkte Blemqvist wie elegant sich diese Guinariarin bewegte. Dann hörten sie Kampfgeschrei und eine Schar aus 30 Männern stürmte auf sie zu. Einige warfen Speere die ebenso wie die Pfeile zu Boden gingen.

„Los, nehmt sie gefangen!"

Rief der Anführer. Er war sehr jung und hatte, wie es schien nicht so oft das Vergnügen Wanderer zu überfallen. Auch die Männer sahen weniger aus wie Räuber sondern eher wie einfache Menschen. Blemqvist ließ die Kampfhaltung sein und nickte Lorenza zu. Sie verstand und hielt den Wirbelsturm aufrecht. Blemqvist war eigentlich immer als Einzelgänger gut klar gekommen, doch langsam begriff er wie es war mit Lady Lorenza unterwegs zu sein. Vor allem die Vorteile, was er aber niemals zu geben würde. Der Anführer saß als einziger auf einem Pferd und baute sich vor Blemqvist auf.

„Ihr seid unsere Gefangenen!"

Das Grinsen auf Blemqvist Gesicht wurde breiter. Einer der verunsicherten Männer schoss einen Pfeil ab, den Lorenza spielend abfing. Blemqvist legte seinen Kopf schief und das knacken seines Halses ging den Leuten durch das Mark.

„Ist das so?"

Der Jüngling auf dem Pferd wich zurück.

„Ähm ja, wir sind Wüstenpiraten und wir nehmen euch jetzt gefangen!"
Blemqvists Grinsen wurde noch breiter.
„Wo liegt euer Lager?"
Der Pirat auf dem Pferd war so nervös, dass er dies bereitwillig sagte. Er
deutete in die Richtung der Hügel und sagte mit breiter Brust.
„Wir haben unser Lager in den Ruinen von Habela aufgeschlagen!"
Bei so viel bereitwilliger Hilfe musste auch Lorenza lachen. Blemqvist kratzte
sich am Kinn und sagte dann.
„Na gut, wir sind eure Gefangenen!"
Und fing dabei anzulachen. Die Verblüffung stand den Piraten ins Gesicht
geschrieben. Ein eher kleineres Wüstenschiff, dass vllt für zehn Passagiere
reichte, segelte vor und die "Gefangenen" stiegen ein. Der Jüngling lief mit
seinem Pferd vorne Weg und die Männer, die keinen Platz mehr hatten, liefen
hinter dem Schiff her. Lorenza und Blemqvist setzten sich auf eine Sitzbank
im Schatten. Niemand traute sich ihnen Fesseln anzulegen. Ein Junge von
etwa zehn Jahren brachte ihnen Wasser und beobachtete sie mit großen
Augen. Am meisten beeindruckten ihn die Kleider, die sie unter den
Umhängen trugen. Der graue Anzug mit den weißen Rändern und den
schwarzen Knöpfen, so wie das leuchtend ,violette Kleid, dass Lorenza unter
ihrem Umhang trug. Lorenza bemerkte ihn und ließ auf ihrer Handfläche drei
Wirbelstürme erscheinen, die sich gegenseitig jagten. Der Junge hockte sich
vor sie auf den Boden und beobachtete, das Schauspiel mit großen Augen.
„Wie heißt du?"
Der Junge nahm seine Augen nicht von den Stürmen.
„Amos!"
Sagte er beiläufig. Lorenza lächelte.
„Wer ist euer Kapitän?"
Amos antwortete bereitwillig und lies die Augen nicht von von Stürmen.
<„Unser Kapitän ist Rabbos, aber der ist seit einiger zeit sehr krank, deswegen
hat Alentjos die Aufgabe übernommen die Überfälle zu machen."
Amos lachte.
„Das macht er aber nicht besonders gut."
Er nahm die Hände vor den Mund und kicherte.
„Alle wissen, dass Alentjos das nur gemacht hat, weil er um die Hand von
Symone buhlt."
Amos lachte auf, aber hielt sich sofort den Mund zu.

„Bitte sagt nicht, dass ich gelacht habe!"

Lorenza hob einen Finger an ihre Lippen und lächelte. Jetzt wandte sich auch Blemqvist dem Jungen zu.

„Wieso nicht?"

Alentjos bestraft jeden, der schlecht über ihn redet. Blemqvist sah hinüber zu dem Jüngling auf dem Pferd und drehte sich wieder Amos zu.

„Wie soll der denn jemanden bestrafen?"

Amos senkte nun die Stimme.

„Es hat was mit den Ruinen zu tun."

Der Junge blickte sich ängstlich um, als könnte sie jemand belauschen.

„Er lässt niemanden in die Ruinen, nur die, die bestraft werden und wenn sie wieder raus kommen, reden sie nie darüber."

Lorenza sagte nichts. Das musste etwas mit den Ruinen auf sich haben. Amos sah sie erwartungsvoll an. Er blickte ängstlich umher und fragte.

„Könnte ihr uns helfen?"

Blemqvist grinste, doch Lorenza sah ihn bedächtig an.

„Wir sprechen erst mit dem Kapitän und dann sehen wir uns die Ruinen an!"

Doch Blemqvist schüttelte den Kopf.

„Wir haben einen Auftrag Lady Lorenza und wir dürfen uns von solchen Sachen nicht aufhalten lassen!"

Lorenza schloss die Augen.

„Vielleicht hängt das alles miteinander zusammen?!"

Mit großen Schritten näherten sie sich den Ruinen.

3

In Falos hatte sich Marley mit Maxine auf einem kleinen Bauernhof niedergelassen. Durch die Kämpfe zwischen den Rebellen und der Arme des Königs standen viele Häuser leer. An diesem Abend stand Marley in der Küche und kochte für die beiden ein Abendessen. Der ganze Hof war heruntergekommen, doch es ließ sich dort aushalten. Maxine war draußen und erforschte die Ställe und Garagen. Die Gebäude standen in einer U-Form und hin und wieder sah Marley, wie Maxine von einer Tür zur anderen hetzte und immer irgendwas in der Hand hielt. Die Sonne ging langsam unter und die Schatten wurden länger. Als das Essen fertig war, streckte er seinen Kopf aus dem Fenster und rief.

„Maxine, das Essen ist fertig!"

Doch es kam keine Antwort. Er ging hinaus und entdeckte sie kurze Zeit später in einer kleinen Werkstadt. Auf den ersten Blick erkannte er nicht, was sie da tat, doch als er näher kam, lagen Pläne auf der Arbeitsfläche. Pläne eines Roboters. Dieser war dreißig Zentimeter groß. Die Genauigkeit verblüffte ihn. Da trat Maxine aus einer Kammer.

„Oh, ist das Essen fertig?"

Doch das Essen hatte Marley bereits vergessen. Er starrte auf das Papier.

„Das ist genial!"

Maxine schaute zu Boden und lächelte.

„Ich hatte etwas Langeweile."

Er ging zu ihr hinüber und legte seinen Arm um ihre Schultern.

„Lass uns etwas essen."

Dann zog er sie mit sich, aber nicht ohne nochmal einen Blick auf ihre Zeichnungen zu werfen. Es verblüffte ihn zu was dieses Mädchen in der Lage war.

4

Der Weg zum Pass von Mergol ist weit und anstrengend. Sie mussten oft halten, weil Alexia immer noch sehr schwach auf den Beinen war. Südwerts wanderten sie am Flussufer entlang. In der Zwischenzeit begann es zu nieseln, was das hohe Gras durch das sie marschierten rutschig machte. Immer wieder fiel sie auf die Knie, aber sie zwang sich immer wieder auf die Beine. Alexia war eine Kämpferin und diesen Stolz wollte er ihr nicht nehmen. Es war wichtig für sie jetzt Selbstvertrauen zu finden. Sie würde es brauchen, wenn sie wieder das Feuer rief. Chechi achtete immer wieder darauf, dass sie unerkannt weiter kamen. Einmal mussten sie sich flach ins Gras legen, weil Jäger am anderen Flussufer entlang geritten kamen. Der Tag neigte sich langsam dem Ende zu und Chechi hielt bereits Ausschau nach einem sicheren Unterschlupf für die Nacht. Sie mussten so schnell wie möglich nach Kesat Li gelangen, doch was sie dort erwartete, wusste er nicht. Es war Jahre her, dass er zuletzt Nachricht aus dem Tempel erhalten hatte. Einst floh er aus dem Tempel und verließ ehrlos seine Heimat, dennoch hoffte er auf die Unterstützung. Denn einst verehrten er und seine Brüder den Gott, dem er später leibhaftig begegnete, aber ob es heute noch so ist, wusste er nicht. Doch es nicht zu versuchen, wäre ein Verhängnis.

Die Ruinen von Habela

1

Am späten Abend erreichten sie die Ruinen. Blemqvist bemerkte sofort, dass von der einstigen Stadtmauer aus Stein und den goldenen Ornamenten am Tor von denen sein Meister einst erzählte, nicht mehr viel übrig war. Die Zeit und der Sand hat das meiste schon fort getragen und was übrig war, hatte seinen Glanz bereits vor Jahrhunderten verloren. Das Tor sah von weiten schon aus, wie ein Riss in der Mauer und von dem einstigen Tempel blieb nur noch eine brüchige Treppe und einige Säulen. Mehrere lagen zerbrochen auf dem sandigen Boden und vom prunkvollen Vordach war nichts mehr übrig. Blemqvist bemerkte sofort vier Männer, die mit Speeren die den Eingang bewachten. In halb zerstörten Häusern hausten die Menschen hier und beide erkannten sofort, dass sie ursprünglich keine Piraten waren. Kinder liefen neben dem Wüstenschiff her und alte Männer und Frauen blickten erwartungsvoll zum Schiff herauf. Doch ihre Gesichter waren betrübt. Als das Wüstenschiff hielt, sprang der junge Alentjos von seinem Pferd und rief. „Seht, wir haben Beute gemacht!"
Dabei deutete er seinen Männern Lorenza und Blemqvist vom Schiff zu holen. Zögernd traten drei Männer auf sie zu, doch als Blemqvist sich aufrichtete, wichen sie zurück. Er grinste breit.

„Lasst gut sein!"

Man ließ eine Planke hinab und Lorenza vorne weg, lief die Planke hinab. Es war so, als wenn sich der ganze Ort versammelt hätte. In den Gesichtern las Lorenza, dass diese Menschen schon viel durchgemacht hatten. Missmutig und ohne Hoffnung blickten sie drein. Einer rief.

„Habt ihr Wasser und etwas zu essen?"

Alentjos drehte sich zu ihm um.

„Nein, noch viel besser!"

Und deutete auf die zwei Fremden.

„Sie haben Schätze bei sich und .. ."

Doch ihm blieb das Wort im Hals stecken, als Blemqvist sich vor ihm aufbaute, der einen Kopf größer war. Die Leute ließen die Köpfe hängen und winkten ab. Einige zogen sich in ihre Häuser zurück. Das Grinsen auf Blemqvist Gesicht wurde noch breiter.

„Wo finden wir jetzt den Kapitän?"

Dabei kam er dem Jüngling bedrohlich nahe. Da trat eine junge Frau hervor.

„Wer seid ihr und was wollt ihr von uns?"

Lorenza fiel auf, dass sie kaum älter als ihre Schwester Alexia sein konnte. Die Stimme der Frau war fest und bestimmt. Man merkte ihr ihren Rang in dieser Gesellschaft an. Sie ging auf sie zu und verbeugte sich höflich.

„Meine Name ist Lorenza Scellani und das ist mein Gefährte, Blemqvist."

Sie sprach ruhig weiter.

„Wir kamen aus dem Norden vom Meer und sind nun hier."

Sie machte einen höflichen Wink mit ihrer rechten Hand, als würde sie den Wind streicheln und einen respektvollen Schritt zurück. Die junge Frau schluckte verängstigt. Damit hatte sie nicht gerechnet. Solche Leute hatte sie noch nie zuvor getroffen.

„Ich bin Symone und mein Vater ist der Kapitän und unser Anführer."

Lorenza richtete sich auf und fragte freundlich.

„Wäre eine Unterredung mit eurem Vater möglich?"

Die junge Symone lies die Schultern hängen und schaute zu Boden.

„Vater ist sehr krank und.. ."

Da schnitt ihr der "tollkühne" Alentjos ins Wort.

„... und sie hat keine Macht dies zu entscheiden, weil mir der Befehl übertragen wurde!"

Alentjos hatte sich einige Schritte von Blemqvist entfernt und seine Stimme wieder gefunden. Lorenzas Augen wurden zu schlitzen,als sie sich zu ihm umdrehte und für einen Augenblick erschien ein Leuchten auf ihren Augen, das den Jüngling zum schweigen brachte und die blanke Furcht in sein Gesicht einkehren lies. Blemqvist lachte auf. Als sie sich der jungen Symone wieder zuwandte, blickte sie sie gutmütig und freundlich an und es gab ihr Mut.

„Kommt mit mir!"

Sagte Symone mit fester Stimme. Sie folgten der jungen Frau an mehreren Häusern vorbei. Alentjos hatten sie stehen gelassen. In jeder Ecke sahen sie das selbe Bild. Neugierige Gesichter, die sie mit ihren Blicken verfolgten. Die Leute hier, besaßen nicht mehr, als sie an hatten. Es wurde dunkel und Feuer wurden entzündet. Irgendwann deutete Symone auf ein größeres Haus, dass in der nähe der steinernen Stufen stand.

„Da vorne ist es."

An einem Feuer vor dem Haus saß eine ältere Frau umgeben von einigen Kindern, die ihr kleinen Holzschüsseln hinhielten. Sie goss jedem Kind etwas ein. Lorenza ging zu ihr hin, öffnete ihre Tasche und holte den Proviant, den sie auf Marleys Schiff noch sorgfältig eingepackt hatte heraus und reichte ihn ihr.

„Nehmt es!"

Sie lächelte freundlich.

„Ihr braucht es dringender als ich!"

Symone sah sie überrascht an, aber Blemqvist verzog das Gesicht.

„Zauberer.. ."

Murmelte er und schüttelte den Kopf. Symone sah ihn verwundert an, aber er ging nicht weiter darauf ein. Im Haus brannten einige Kerzen und ein Feuer wärmte den Raum. Ein Tisch mit einigen Stühlen und ein Bett fanden darin Platz und in diesem Bett lag ein Mann mit einer Narbe unter dem linken Auge. Er war wach, aber seine Augen waren blutunterlaufen. Seine Augenlider und seine Hände waren dunkel gefärbt. Seine Stimme klang rau und schwach.

„Was führt euch Fremde in diese gottverlassene Gegend?"

Sein Haar war grau, wie sein Bart. Eine Frau hockte neben dem Bett und tupfte ihm die Stirn. Lorenza kniete sich neben das Bett und neigte den Kopf.

„Wir kamen über das Meer aus dem Norden."

„Mein Name ist Lorenza Scellani und das ist Blemqvist mein Gefährte, ehrenwerter Kapitän."

Der schwache Kapitän lächelte.

„Ihr seid nicht von hier!"

Er blickte an die Decke.

„Ich habe als Kapitän schon viele Orte dieser Welt bereist und ich sehe euch an, dass ihr nicht von hier seid!"

Lorenza nickte freundlich.

„Wir sind weit gereist, um hier etwas zu untersuchen!>

Blemqvist hielt sich im Hintergrund und lehnte sich mit verschränkten Armen an den Türrahmen. Er blickte die Stufen des Tempels hinauf und entdeckte einige Schatten, die sich am Tempel Eingang rührten. Der Kapitän setzte sich langsam auf.

„Ich bin Rabbos!"

„Wir sind vor einigen Wochen hier nach einem Sturm gestrandet. Unser Schiff wurde fast komplett zerstört."

„Wir bauten uns aus dem Treibholz Wüstenschlitten und Ein Schiff."

„Dann sind wir hier gelandet und.. ."

Er fing an zu husten und verschluckte sich. Lorenza blickte sich um, als Symone ihrem Vater half sich wieder hin zu legen und sagte mit einer leichten Verbeugung.

„Wenn ihr es wünschte, werden wir unsere Unterredung morgen fort führen."

Symone nickte ihr zu und Lorenza ging hinaus. Eine Frau zeigte ihnen den Weg zu einem Haus, wo sie sich die Nacht niederlassen konnten und machte ihnen ein Feuer. Blemqvist legte sich auf den Rücken und verschränkte die Arme hinter den Kopf und Lorenza setzte sich ihm gegenüber. Er schaute zu ihr rüber.

„Was hältst du davon?"

Sie antwortete nicht sofort.

„Ich denke die Antwort finden wir in den Ruinen!"

Falsche Luft

1

Die Nacht war klar. Als Blemqvist noch schlief, war Lorenza längst erwacht. Die Sonne stand noch sehr tief am Horizont und sie verließ das Haus um sich umzuschauen. Es war noch Still im Dorf, doch als sie wieder auf den Weg zu den steinernen Treppen des Tempels bog, erkannte sie Alentjos, der das Haus des Kapitäns verlassen hatte und sich die Stufen des Tempels hoch stahl. Sie drückte sich ganz nah in den Schatten eines Hauses und horchte auf Schritte, aber es waren keine zu hören. Lautlos schlich sie, wie ein Schatten zum Haus des Kapitäns. Mit der Hand schob sie den Vorhang auf und glitt hinein. Ein anderer Geruch, als den Abend zuvor hing in der Luft. Lautlos trat sie näher an das Bett und daneben entdeckte sie Asche auf dem Boden, als wäre etwas niedergebrannt. Sie hob die rechte Hand und schwang sie kaum merklich und ein leichter Wind beließ den Dunst hinaus. Als sie kurze Zeit später, wieder in ihrer Unterkunft war, erwachte auch Blemqvist. Er schlug die Augen auf und bemerkte sofort Loranzas ernsten Blick. Er setzte sich auf.
„Was ist los?"
Doch bevor sie ihm berichten konnte, was sie erlebt hatte, kam Symone mit einem Tablett Brot und Wasser.
„Darf ich eintreten?"
Lorenza stand sofort auf und verneigte sich mit einer einladenden Handbewegung. Symone nickte und setzte sich. Sie reichte ihnen das Brot und brach sich auch ein Stück ab.
„Wir haben zwar noch genug Getreide, aber wir wissen nicht, wie lange es reichen wird."
Sie lächelte gequält.

„Wir wollten längst weiter in den Süden, aber wenn Vater nicht gesund wird, müssen wir warten!"

Blemqvist nahm einen Bissen.

„Könnt ihr nicht so losfahren?"

Darauf schüttelte Symone traurig den Kopf.

„Vater kann sich nicht auf den Beinen halten und er hat starke Schmerzen.>

Sie seufzte.

„Am Abend geht es ihm gut doch nach dem Aufwachen ist es noch am schlimmsten."

Ihre Augen füllten sich mit Tränen.

„Er windet sich dann immer in seinem Bett!"

Lorenza sah wissend zu Blemqvist rüber, der sofort verstand, dass seine Gefährtin bereits einen Plan hatte und nickte ihr zu.

2

Marley hatte gesehen, wozu dieses Mädchen in der Lage war. Sofort, als er sah was für kleine, selbstständige Maschinen sie aus bloßem Gerümpel erschaffen konnte, besorgte er Landkarten und suchte nach einer Mülldeponie, doch er wusste, dass es in dieser Gegend schwer werden würde. Auf diesem Kontinent, war die Technologie noch nicht soweit fortgeschritten, dass man hier eine Deponie brauchte. Währenddessen saß Maxine draußen im Hof und beobachtete, wie die zwei etwa knie hohen Maschinen von einem Ort zum anderen liefen. Es war, als hätten sie einen eigenen Willen. Sie mussten entweder weiter in den Osten reisen zu den eisernen Türmen von Bran`Gandu oder zurück zum Westlichen Kontinent. Er ging ans Fenster und rief sie zu sich.

„Komm mal eben rein."

Sie stapfte hinein und setzte sich zu ihm an den Tisch. Mit einem forschenden Blick sah er sie an und fragte.

„Wie hast du es geschafft, denen so viel Leben einzuhauchen?"

Dabei deutete er mit dem Daumen aus dem Fenster. Sie grinste verlegen und starrte auf die Tischplatte. Dann zuckte sie mit den Schulter und erwiderte.

„Ach, einfach so!"
Dabei wurde ihr Kopf noch etwas röter. Marley lehnte sich in seinem Stuhl
zurück und blickte sich in der alten, verstaubten Küche um.
„Deine älteste Schwester beherrscht den Wind und Alexia besitzt die Gabe
des Feuers und welche Gabe besitzt du?"
Darauf hatte Maxine keine Antwort und Marley glaubte ihr, doch war er sich
sicher, dass da etwas in ihr schlummerte. Doch schon wie er immer sagte.
Wenn etwas hervor kommen sollte, sollte man ihm genug Zeit dafür lassen.
Es würde bald der Moment kommen.

3

Nachdem Symone das Zelt verlassen hatte, betraten sie kurze Zeit später das
Zelt des Kapitäns. Es ging ihm besser und Lorenza fiel sofort auf, dass die
Asche verschwunden war. Sie grüßte ihn höflich und kniete sich vor sein Bett.
„Kapitän Rabbos, ich freue mich, dass sich euer Zustand verbessert hat."
Er lächelte.
„Ja, es geht mir besser."
Dabei drückte er die Hand seiner Tochter, die bei ihm am Bett saß.
„Die schlimmen Albträume waren in dieser Nacht plötzlich verschwunden,
aber was verlangt ihr?"
Sie nickte freundlich und antwortete.
„Wir begehren Einlass in den Tempel!"
Der Blick des Kaptäns wurde hart.
„Wir sind sehr gläubige Menschen und wir pflegen es die heiligen Hallen
unserem Gott zu überlassen!"
Blemqvist stand wieder im Türrahmen und schüttelte den Kopf. Doch bevor
er den Mund öffnete, deutete ihm Lorenza zu schweigen! Eigentlich mochte
er das überhaupt nicht, aber scheinbar hatte die Lady tatsächlich eine guten
Plan. Er wusste, wie Lady Lorenza Aufträge ausführte und das würde hier
nicht anders laufen. Da hatte Silvana wirklich ganze Arbeit geleistet. Dann
stand sie auf und verbeugte sich.
„Wie ihr wünscht!"
Mit ernster Miene ging sie hinaus in die Mittagssonne. Blemqvist schloss sich

ihr an und sprach erst, als sie außer Hörweite waren.
„Wir gehen rein?"
Lorenza nickte.
„Morgen früh bevor die Sonne aufgeht!"
Später am Abend schlenderte Lorenza an den Häusern entlang. Einige Leute beäugten sie neugierig, aber sie schenkte ihnen ein freundliches Lächeln. Während die Erwachsenen ihr nicht trauten, kamen immer wieder Kinder zu ihr. Lorenza mochte Kinder sehr und konnte es nicht ertragen, wenn es ihnen schlecht ging. Ihr Umhang wehte im Wüstenwind. Als sie um eine Ecke bog, sah sie, wie Alentjos wütend aus einem Haus stürmte. Im Türrahmen stand Symone mit verschränkten Armen.
„Hallo!"
Sagte Lorenza freundlich und verbeugte sich freundlich.
„Hallo. ."
Gab Symone zurück und zeigte ein gequältes Lächeln. Sie sah Alentjos wütend nach und sagte dann mit genervter Stimme.
„Wir müssen hier endlich fort. Die Wüste verändert Menschen!"
Lorenza nickte und blickte Alentjos nach.
„Es ist nicht immer der Ort, der die Menschen ändert, sondern oft auch das was sich in ihm verbirgt!"
Sagte sie mit ihrer melodischen Stimme. Symone schwieg darauf, aber verstand was sie meinte. Lorenza spürte ein gewisses Vetrauen. Es kam nicht oft vor, dass Fremde ihr vertrauten. Heute Nacht würde sie den Tempel betreten. Ihr Gefühl sagte ihr, dass sich dort mehr verbarg, als es den Anschein erweckte.

4

Einige Stunden später weit im Westen erreichten Chechi und Alexia die Tore von Nimorell. Die Sonne war bereits untergegangen und die Stadttore waren verriegelt worden. Sie waren völlig durchnässt und erschöpft. Sie hatten die Straße sehr spät betreten, aber so konnten sie ihre Spuren sehr gut verwischen und der Regen tat das Übrige. Mit der Faust donnerte er ans Tor.
„Wir erbitten Einlass!"

Rief er und mit einem Scharren öffnete sich das riesige Holztor. Ein grimmiger Wächter mit einer Lanze und einem Stahlhelm streckte seinen Kopf hinaus.

„Was wollt ihr hier zu dieser späten Stunde?"

Dabei musterte er die beiden Fremden.

„Wir sind weit gereist und erbitten eine Unterkunft!"

Sagte Chechi und ließ sich von seinem grimmigen Blick nicht beirren. Er musterte die beiden erneut und ließ sie hinein. Die Wege waren leer und überschwemmt vom Regen. Kaum noch brannte irgendwo Licht, doch am Ende des Weges sah man Schemenhafte Umrisse von Personen in den Fenstern. Sie liefen geradewegs darauf zu und je näher sie kamen, desto mehr Lärm drang in die Nacht. Als sie an der Tür standen, zogen sie ihre Kapuzen tiefer über den Kopf und trat ein.

Verräterischer Alentjos

1

Um den Tempel von Habela war es noch ruhig. Das Dorf schlief, aber Blemqvist und Lorenza waren bereits wach. Seit Stunden beobachteten sie das Haus des Kapitäns. Nach etwa einer Stunde passierte nichts, aber plötzlich schlich ein Schatten an die Tür des Hauses. Lorenza lehnte im Schatten des Nachbarhauses und erkannte Alentjos sofort. Als er im Haus verschwand, schlugen sie los. Als erste war Lorenza an der Tür. Sie schwang mit einer Bewegung ihrer Hand den Vorhang zur Seite und sah wie Alentjos gerade ein schwarzes Stäbchen entflammte. Sofort stieg wieder dieser Dunst auf der einen die Sinne betäubte, aber Lorenza blies das Stäbchen mit einem Windstoß aus und es zerfiel sofort zu Asche. Alentjos blickte sie überrascht an und ergriff die Flucht. Schnell war er am Fenster, doch Blemqvist hatte damit gerechnet und sich am Fenster postiert. Gerade als Alentjos zwischen den Häusern landete, packte ihn Blemqvist an der Kehle und schleuderte ihn gegen die Hauswand, dass der Stein zerbarste. Angeschlagen sank Alentjos an der Wand nieder. Der Kapitän schreckte auf und wollte schreien, doch Lorenza war sofort bei ihm und drückte ihm die Hand auf den Mund.
„Ihr müsst leise sein!"
Sie sprach ruhig weiter.
„Ihr wurdet mit magischem Rauch benebelt und wenn ihr mir nicht glaubt, werde ich euch töten!"
Sie sah sofort die Angst in seinen Augen. Dann nickte er langsam und sie nahm ihre Hand von seinem Mund. Er musterte sie mit großen Augen.
„Ich kenne euch!"
Flüsterte er.
„Man erzählt sich Geschichten in der Welt über eine Frau so kalt wieder tot!"

Sein Blick wurde ehrfürchtig und ihm stockte der Atem. Sie verzog keine Miene und trat zurück. Dabei verneigte sie sich wieder und sagte mit einer freundlichen Stimme.

„Dann lassen wir die Geschichten nur Geschichten sein."

Er nickte nur während Blemqvist Alentjos ins Haus brachte, der sich vor Schmerzen krümmte.

„Wie könnt ihr es wagen!"

Ächzte er, doch Lorenza schnitt ihm das Wort ab.

„Kapitän Rabbos, dieser Mann ist daran Schuld, dass ihr krank seid!"

Der Kapitän öffnete den Mund und schloss ihn wieder. Sie hatte recht! Er fing an sich im Bett zu bewegen und stand schließlich auf. Mit einem Lächeln betrachtete er seine Hände und ohne ein Wort zu sagen ging er auf den knienden Alentjos zu und schlug ihm so fest ins Gesicht, dass er bewusstlos zusammenbrach. Blemqvist lachte.

„Das wollte ich eigentlich machen!"

Doch Rabbos sah sie finster an.

„Was hat das alles zu bedeuten?"

Lorenza sah ihn ernst an.

„Wir müssen jetzt in den Tempel!"

Rabbos blickte von ihnen zu Alentjos.

„Na gut, aber ich begleite euch!"

Lorenza nickte, aber Blemqvist schüttelte den Kopf. Rabbos warf sich einen Mantel über das weiße Shirt und trat mit ihnen hinaus. Er holte tief Luft und streckte sich.

„Ich habe diesen Wind vermisst!"

Lorenza reagierte nicht darauf und ging zielstrebig auf die Stufen zu. Rabbos blickte ihr verwundert nach, doch Blemqvist legte ihm die Hand auf die Schulter.

„Die ist immer so!"

Zu dritt stiegen sie die Treppe hinauf. Die Männer, die am Eingang des Tempels wache hielten, erwarteten sie bereits. Rabbos ging vorne weg.

„Guten Morgen Emras!"

Die Wächter warfen sich nervöse Blicke zu.

„Ka..Ka..Kapitän!?"

Als die Männer ihren Griff um die Lanzen festigten, hatte Lorenza bereits mit einer schnellen Bewegung ihrer Hände die Männer an die Tempelmauer geschleudert. Sie glitten sofort bewusstlos zu Boden. Als Rabbos den Tempel betreten wollte, hielt ihn Lorenza zurück.

„Halt!"

Verblüfft blieb er stehen. Blemqvist trat an seine Seite.

„Es riecht nach Dämon!"

Rabbos machte unwillkürlich einen Schritt zurück und sah die beiden fragend an.

„Bringt die Männer fort von hier, weckt eure Leute und brecht sofort auf!"

Sagte Lorenza ernst. Ohne ein weiteres Wort ging sie zu den Männern hinüber und rüttelte sie wach. Blemqvist und Lorenza warteten noch bis Rabbos die betäubten Männer die Treppe hinab scheuchte. Schweigend betraten sie den Gang. Es war dunkel und stickig, aber der Geruch wurde immer deutlicher. Blemqvist entzündete eine Fackel, die er am Eingang gefunden hatte. Im Schein machte sich ein dunkelgrüner Nebelschimmer sichtbar. Eine weite Treppe führte hinab. Der grüne Schleier wurde immer dichter. Eine hell erleuchtete Öffnung offenbarte sich am Ende des Tunnels.

Ich liebe die Geschichten, die mir Großmutter erzählt, aber mit diesen Dämonen konnte ich mich nie anfreunden. Sie hatte sie mir einmal ganz genau beschrieben und es schüttelte mich innerlich wenn ich heute noch daran denken muss. Die grüne Haut und die spitzen Zähne. Mir hatte Großmutter immer was von einer süßlichen Fäule gesagt, aber vorstellen wollte ich mir das nie.

Der Dämon Negregeb

1

Kurz bevor sie das Ende der Treppe erreicht hatten, löschte Blemqvist die Fackel. Aus der Dunkelheit heraus, fiel ihnen ein riesiger Altar ins Auge. Auf dem Boden im runden Raum waren verschiedene Symbole eingeritzt. An den Wänden offenbarten sich viele Malereien aus längst vergangener Zeit. Ein Kessel brodelte hinter dem Altar und eine kleine, bucklige Kreatur stand mit dem Rücken zu ihnen am Kessel und führte offenbar Selbstgespräche.
„.. und ein wenig davon und hier noch etwas... ah Alentjos, da bist du endlich!"
Er drehte ihnen sein Gesicht zu. Seine hässliche grüne Fratze wurde von einer der zahllosen Fackeln erleuchtet. Ein schiefes Kinn, krumme Zähne und Augen wie Schlitze vervollständigten den grauenvollen Anblick. Sein Grinsen war eher eine Grimasse und er quietschte wie ein Schwein, wenn er sprach.
„Komm näher, Alentjos!"
Sagte er und wurde etwas ungeduldig. Sein Blick verfinsterte sich, als Blemqvist und Lorenza den Altarraum betraten.
„Wer seid ihr?"
Rief er und hüpfte dabei von einem kurzen Bein auf das andere. Die Art und Weise wie er dies sagte, verriet seine Neugier. Lorenza warf ihren Mantel ab und krempelte sich die Ärmel hoch. Der Dämon lief um den Altar herum und musterte seine fremden Gäste. Doch bevor er etwas sagen konnte, ergriff Blemqvist das Wort.
„Alentjos konnte leider nicht kommen!"
Der Dämon verzog wütend das Gesicht.
„Wie könnt ihr es wagen mir so respektlos gegenüber zu treten?"

94

Er redete weiter und seine quietschende Stimme halte durch den ganzen Raum.

„Mir?!"

„Dem großartigen Negregeb!"

Als er den Mund schloss, hallte seine Stimme immer noch durch den alten Raum, dass es von der Decke bröselte. Wütend hüpfte er hin und her empört über den unerwarteten Besuch. Lorenza breitete ihre Arme aus und machte sich auf alles bereit, was der Dämon ihnen entgegen bringen würde. Ihr Blick war ausdruckslos und sie schwieg. Blemqvist dagegen grinste grimmig.

„Negregeb?"

„Großartig?"

Negregeb breitete seine Arme aus und rief.

„Ich sehe in euer Inneres!"

Der grüne Nebel wurde dichter, bis man die Hand vor Augen nicht mehr sehen konnte. Seine Stimme klang gedämpft in ihren Köpfen.

„Ich sehe euer Inneres!"

Lorenza stand immer noch reglos da. Sie sah ein kleines Mädchen, dass auf einer Wiese spielte. Ihre Kindheit erschien vor ihren Augen. Längst vergessene Erinnerungen zeigten sich. Ihre Eltern, der Krieg, der Verlust ihrer Eltern, der Tag an dem Silvana sie aufnahm. Alles so echt, als würde es gerade geschehen. Blemqvist sah seine Kindheit als Straßenjunge, den Tod seiner Eltern und er blickte in die Augen des Mörders. Eine Erinnerung, die tief in seinem Inneren begraben lag und jetzt wieder erweckt wurde. Blasse rote Augen blickten ihn an und seine Knie knickten ein. Lorenza bewegte sich immer noch nicht. Weitere Erinnerungen tauchten vor ihrem Augen auf. Doch als vor ihrem Auge der Tod ihrer Mutter und ihr Gesicht auftauchte, gab sie einen Schrei von sich und sie befreite ihre Energie. Der Wind verscheuchte den Nebel und der dämonische Dunst verschwand. Negregeb riss seine Augen auf.

„Eine Guinariarin?"

Er verzog seinen Mund zu einer schiefen Grimasse.

„Wie wäre es denn mit.. ."

Doch weiter konnte er nicht mehr sprechen.

„Ha!!"

Eine gewaltige Druckwelle presste ihn gegen den zerfallenden Altar. Lorenza hielt ihre Hand aufrecht und blickte ihn Finster an. In dieser Zeit hatte

Blemqvist seinen Halt wieder.

Blemqvist zog seinen Revolver, doch bevor er abdrücken konnte, doch in diesem Moment verschwand er in seinem eigenen grünen Dunst.

„Mist!"

Fluchte Blemqvist. Doch Lorenza begann sofort den Raum und die Wände zu untersuchen. Sie merkte gleich, dass er fort war und es wäre ratsam keine Zeit zu verlieren. Dann blickte auch er sich um.

„Wonach suchen wir?"

Fragte sie, als sie die Zeichnungen betrachtete. Während der Reise sprach er nicht viel über ihr Ziel. Er tastete sich von einem Bild zum nächsten.

„Wir suchen nach drei Welten, Kugeln oder Kreise, aber es müssen drei sein!"

Sagte er konzentriert und flüsterte vor sich hin.

„.... befreit den Geist und führt den Herrn zur Geisel seiner eigenen Sünde."

„Das ist der Anfang."

Einige Minuten suchten sie und man hörte nur noch das scharren ihrer Schritte. Lorenza tastete die stellen, die sie betrachtete mit ihren Händen ab. Immer wieder tauchte eine uralte Sprache auf, die nicht mehr gesprochen wurde.

„Was ist das für eine Schrift?"

Hörte sie ihn sagen. Neben dem Altar entdeckte Blemqvist das Symbol nachdem er suchte.

„Ich habe etwas!"

Lorenza kam sofort zu ihm rüber und blickte auf die drei Planeten auf die er deutete. Sie sprach leise.

„Da steht etwas drunter!"

„Hasome di eved lamosa himan`di vicios lamn´da hivel´lnas."

Blemqvist sah sie fragend an doch sie redete weiter.

„Das ist Nakromese, eine uralte Sprache."

Sie hielt kurz inne.

„Das bedeutet, wenn du den Wahren suchst, blicke zur Sonne und in tiefster Finsternis in Stein gemeißelt, findest du ihn!"

Blemqvist warf die Arme resignierend in die Luft.

„Also suchen wir ihn überall unter der Erde!"

Seine Stimme bebte vor Wut. Die Erinnerung an seine Eltern machte seinen Puls schneller doch Lorenza hatte bereits noch etwas entdeckt.

„In feuchter Tiefe entspringt Klarheit und der Herr wird aus gutem Herzen von Ketten gelöst."

Lorenza achtete nicht auf Blemqvist und ging weiter die Wand ab.

„Von den Feuern der Erde auf der untergehenden Seite von vier Wächtern beschützt wartet der Herr."

Blemqvist Schritt auf und ab während sie weiter las.

„Diese Schriften sind 400 Jahre alt."

„Die Hüter kannten diese Sprache nur. So verständigen sie sich untereinander."

Sie schwieg einen Augenblick und Blemqvist sah sie irritiert an.

„Es sind Legenden, Geschichten, die man kleinen Kindern erzählt."

Darauf blieb Blemqvist verärgert stehen.

„Wie bringt uns das weiter?"

Bellte er sie an. Doch sie lies sich nicht beirren.

„Wir brauchen Landkarten!"

Mit verwunderten Augen folgte er ihr zur Treppe. Doch ihre Gedanken kreisten um die Bilder, die ihr der Dämon gezeigt hatte. Die Flammen, die ihr Heimatdorf verschlangen. Die blutüberströmten Körper ihrer Eltern. Sie stand da und weinte. Der Himmel färbte sich blutrot und dann kam Vicious langsam auf sie zu. Er legte schweigend seinen Arm um ihre Schultern und dann waren sie fort. Er hatte versucht das Dorf zu retten. Jetzt fiel es ihr wieder ein. Es waren die Soldaten des Königs gewesen, die damals das Dorf überfielen. Sie griffen damals aus Furcht vor der Macht des Windes an. Sie gaben unserem Volk die Schuld, dass Ganogan vom Sand verschlungen wurde. Dennoch verspürte sie keine Wut auf sie. Ihre Mutter hatte ihr beigebracht, dass Hass kein guter Begleiter im Kampf sei. Die Wut macht einen blind das wesentliche zu erkennen. Der Hass verleitet zu falschen Entscheidungen. Lorenza verspürte so große Dankbarkeit, dass sie beinahe Lächeln musste. Jetzt galzt es sich zu beeilen!

2

Doch sie wussten nicht, dass Negregeb bereits seinen Herrn erreicht hatte. An einem furchterregendem Ort, den noch kein Mensch betreten hatte, wartete er nun. In seinem dunkelgrünen Dunst stand er umhüllt von der Dunkelheit, reglos da. Nach unzähligen Minuten erschien ein anderer grüner Dunst und aus ihm stieg ein Mann mit grünem Hut und kariertem Anzug. Im Gegensatz zu Negregeb war dieser doppelt so groß und seine Grimasse war unverkennbar. Grimas blickte den anderen Dämon mit finsteren Augen an.

„Negregeb du rufst mich,obwohl ich dich fortschickte um die Vergessenen zu nähren?"

Negregeb hob einen seiner schiefen Finger, doch er kam nicht zu Wort.

„Ich verlangte nicht viel von dir!"

Dabei baute er sich vor ihm auf.

„Die Vergessenen brauchen Seelen!"

Seine Augen leuchteten bei diesen Worten, doch dann kam Negregeb zu Wort.

„Herr, ich wurde gestört!"

Grimas verschränkte die Arme.

„Gestört?"

Dabei ging er um Negregeb herum. Sein Nebel folgte ihm wie ein Schatten.

„Ja, es waren zwei Herr!"

Grimas erhob seine Stimme und sie donnerte in der Finsternis.

„Von zwei Menschen?"

Er verschwand und tauchte mit seinem Gesicht direkt vor dem des kleinen Dämons auf.

„Nein es war ein Mensch und eine Guinariarin und sie blies meine Magie einfach fort!"

Der Ausdruck auf Grimas Gesicht veränderte sich. Dann sagte er kurz bevor er verschwand.

„Warte bis ich dich zu mir rufe!"

3

Die Sonne stand am Himmel und im Dorf herrschte reges Treiben. Blemqvist und Lorenza eilten die Stufen hinab. Am Fuße der Treppe kam ihnen Symone entgegen.

„Was ist geschehen?"

Sie war sehr aufgeregt.

„Vater läuft im Dorf auf und ab und lässt die Männer die Schiffe fertig machen!"

„Das ist auch gut so!"

Antwortete Blemqvist.

„Wo ist dieser Alentjos?"

Symone starrte zu Boden.

„Als ich meinen Vater im Haus wecken wollte, stürmte er hinaus und ritt davon. Darauf sagte Lorenza gleichgültig.

„Ihr braucht ihn nicht!"

Sie blickte sich umher.

„Wann fahrt ihr los?"

„Vater sagte in etwa einer Stunde."

„Ihr müsst jetzt fort!"

Dann lief sie zu den Schiffen. Symone sah ihr fragend nach, aber Blemqvist war wieder mit seinen Gedanken beschäftigt. Die roten Augen gingen ihm nicht mehr aus dem Kopf.

Der alte Mönch

1

Im Gasthaus hatten sich Chechi und Alexia sofort zurückgezogen. Die Nacht war unruhig und schon früh erwachten sie aus ihrem Schlaf. Der Regen plätscherte gegen die schäbige Glasscheiben. Während Alexia noch auf dem Zimmer war und etwas Brot hinunterwürgte, hatte sich Chechi schon früh auf den Weg gemacht jemanden ausfindig zu machen. Er hatte sich seinen Mantel über den Kopf geworfen und war hinaus gegangen. Das dunkle Holz der Häuser machte die Stadt nicht freundlicher. Hinter dem Eingang des Dorfes begann bereits eine hohe Wand aus Stein auf zu steigen. Hoch oben thronte Kesat Li. Langsam ging er von Haus zu Haus. Vor dem letzten Haus auf der linken Seite bog er nach rechts in eine schmale Gasse, die auf einen Hinterhof führte. Als er in der Mitte des Hofs angelangt war, hörte er eine alte raue Stimme.
„Was wollt ihr hier?"
Chechi drehte sich um und starrte einem alten glatzköpfigen Mann ins Gesicht.
„Was wollt ihr?"
Wiederholte der Mann und schaute finster drein mit seinem faltigem Gesicht.
Chechi nahm seine Kapuze ab und flüsterte.
„Es ist lange her Mojio!"
Das Gesicht des alten Mannes erhellte sich.
„Ich glaube es nicht!"
Der alte Mann grinste und taumelte etwas zurück. Chechi grinste.
„Es ist lange her!"
Dann folgte er dem Mann ins Haus. Sie betraten eine leere, verstaubte Stube. Der Mann humpelte und bot Chechi einen Stuhl in einer kleinen Küche an

100

und setzte sich ihm gegenüber. Dann drehte er sich zur Diele und mit einer Handbewegung flog ihm eine Flasche Wein und zwei Gläser in die offenen Hände. Chechi dachte an ihre letzte Begegnung. Es war noch damals im Kloster gewesen. Mojio war sein Freund gewesen. Jemand der nie etwas Unrechtes getan hatte, doch zwangen ihn Umstände seine Position im Kloster aufzugeben und nach all den Jahren war er nun hier gelandet. Ein trauriges Bild und Chechi hatte Mitleid mit seinem Freund.

„Auch einen Schluck?"

Chechi beachtete nicht die Flasche sondern musterte seinen Gegenüber.

„Du siehst gut aus!"

Sagte der Mann und schenkte sich ein Glas ein

„Ich hätte nie erwartet dich wieder zu sehen!"

Chechi lächelte.

„Du hast dich auch gut gehalten Mojio!"

Der Mann gluckste.

„Ich werde nächsten Monat 137!"

Chechi nickte bedächtig. Nun musterte ihn der alte Mann.

„Was führt dich her?"

Mojio war nicht dumm und kannte Chechi sehr gut. Er würde hier nicht ohne Grund auftauchen. Nicht nach der ganzen Zeit und nachdem, was im Kloster geschehen war.

Er antwortete nicht sofort und hielt einen Augenblick inne.

„Ich habe eine Gefährtin bei mir und bringe sie in den Tempel, aber zuvor möchte ich dich etwas fragen."

Mojio nickte.

„Nun gut dann sprich!"

Aber Chechi schwieg. Mojio nickte.

„Ich kenne dich seit du auf der Welt bist!"

Sagte der alte Mann, aber bevor er weiter sprechen konnte, hob Chechi die Hand und gebot ihm zu schweigen.

„Sprecht nicht weiter Meister! Die Wände haben Ohren!"

Mojio nickte und Chechi flüsterte nun. Draußen war kaum ein Geräusch zu vernehmen und er gab sich Mühe so leise wie nur möglich zu sprechen.

„Wir haben keine Zeit!"

„Vicious wird von uns gehen!"

Der alte Mann schloss die Augen und schwieg. Dann blickte er ihn besorgt an.

„Wir treffen uns heute Abend am Fuße der Treppe nach Kesat Li."

2

Die Wüstenpirat sind währenddessen längst aufgebrochen. Der Tag neigte sich dem Abend zu. Die Schiffe fuhren mit vollem Wind nach Süden. Die Wüste war scheinbar endlos, aber Lorenza wusste, was sie brauchten. Vielleicht hatte Vicious dieses Rätsel auch schon gelöst, aber etwas hatte ihn von seinem Vorhaben abgebracht. Aber sie wusste nicht ob es ein Feind, oder doch der eigene Missmut war. Der Gott der zu einem Menschen wurde. Als Mutter ihr von Vicious erzählte, glaubte sie zu beginn nicht daran, dass Vicious ein Gott sei, aber sie stellte ihn niemals in Frage. In den vergangenen Stunden dachte sie oft an den Augenblick als der Wandler kurz davor war sie zu töten und Vicious ihr das Leben rettete. Sie saß in der Kabine des Kapitäns und studierte einige Karten. Immer wieder legte sie eine Neue auf das Pult. Um sie herum Standen flache Holzregale mit Karten und Büchern. Ein großes Durcheinander! Unter sich spürte sie, wie das Schiff mit hoher Geschwindigkeit über den Sand rauschte. Sie hörte kaum, als der Kapitän das Zimmer betrat. Sie saß bereits seit Stunden an diesen Karten. Rabbos beugte sich über die Karten.

„Wonach sucht ihr eigentlich?"

Lorenza blickte nicht zu ihm auf.

„Wenn ich euch dies sagen würde, werd ihr in den nächsten Tagen tot!"

Darauf grinste Rabbos.

„Ihr wurdet sehr gut unterrichtet!"

Auch darauf reagierte Lorenza nicht.

„Man erzählt sich Geschichten eines lautlosen Todes, der auf der ganzen Welt gefürchtet wird!"

Daraufhin verzog sie ebenso keine Miene.

„Besitzt ihr eine Karte die etwa 400 Jahre alt ist?"

Sagte sie um das Thema zu wechseln. Rabbos sah sie verblüfft an.

„Nein solche Karten besitze ich nicht, aber wenn wir Kurs halten, erreichen

wir in zwei Tagen Ganogan! Dort werdet ihr bestimmt solche Karten finden."
Sie nickte. Natürlich hatte sie bereits von der größten Bibliothek der Welt
gehört. Blemqvist saß vor der Tür am Heck des Bootes und und starrte in die
Dämmerung. Immer wieder hatte er den Tod seiner Eltern vor Augen und
dann die Fratze des Mörders. Der Gedanke ließ ihn nicht los. Sein Herr war
fort und nun lag es an ihm zu entscheiden. Vicious hätte den Mörder seiner
Eltern sofort gefunden. Davon war Blemqvist immer überzeugt gewesen, aber
so langsam verstand er warum sein Herr ihn nicht nach ihm hatte suchen
lassen. Blemqvist war zwar ein Mensch, aber er kannte sich etwas in Sachen
Dämonen aus und rote Augen bedeuteten viel Ärger. Er beobachtete den
Himmel und achtete nicht auf die Leute, die an ihm vorbei liefen. Der
Himmel wurde langsam dunkler und die Luft wurde kühler.

3

Auch auf Anviell war bereits die Dämmerung angebrochen. In einem dunklen
Haus, dass zwischen den hohen und dichten Zerdadenbäumen Stand, saß der
Wandler in seinem tiefschwarzen Sessel und wartete auf die Ankunft seines
treuen Dieners. Die Vorhänge waren ebenso schwarz, wie der Sessel. Der
Boden bestand aus grauem Marmor und der Mondschein spiegelte sich auf
dem Boden wieder. Dann! Pünktlich wie immer tauchte Grimas aus seinem
dämonischen Schleier auf und kniete sich vor seinem Herrn.
„Grimas!"
Tönte die hohe Stimme durch den Raum.
„Hast du Neuigkeiten?"
Grimas verneigte sich tief.
„Ja Herr, wir haben zwei von den Flüchtigen aufgespürt!"
Der Wandler erhob sich von seinem Sessel und ging auf den Dämon zu.
„Also leben sie doch noch?!"
Die Stimme des Dämons zitterte.
„Ja Herr, aber ich habe bereits dafür Vorkehrungen getroffen."
Der Wandler betrachtete ihn kurz und ging an ihm vorbei um seine Wut zu
unterdrücken, doch sein Diener hörte sie.
„Bring mir ihre Köpfe!"

„Ja, Herr!"
Der grüne Schleier verschluckte den Dämon und er verschwand! Der Raum
war still und der Wandler wartete. Kein Geräusch war zu hören. Plötzlich
erschien eine Lache tiefschwarzem Wasser auf dem glatten Marmor. Aus dem
Wasser stieg mit nassen, triefenden, langen Haaren eine schreckliche Gestalt
aus dem Boden. Nach dem Kopf tauchte ein schwarzer, nasser Umhang. Die
bleichen Hände mit langen Fingern tropften ebenso, wie der restliche Körper.
Der Wandler drehte sich zu dem Besucher um.
„Vasme!"
Eine kühle Stimme, fast wie ein Hauchen antwortete ihm.
„Herr, ich bin gekommen um euch zu dienen!"
Das leere fast farblose Gesicht, blickte seinen Meister erwartungsvoll an.
„Deine Zeit wird kommen!"
Antwortete der Wandler und eine Grimasse umspielte sein Gesicht.

4

In Nimorell war die Nacht hereingebrochen. Ein vermummter Mann
humpelte in einem dunklen Gewandt auf die Stufen nach Kesat Li zu. Die
Laternen auf der Straße waren bereits erloschen. Vor den feuchten
Treppenstufen, kamen ihm zwei Schatten entgegen. Mojio erkannte Chechi
und flüsterte, während er sich noch einmal umsah.
„Folgt mir!"
Er betrat als erster die Stufen und gemeinsam stiegen sie hinauf. Nach einigen
schweigsamen Schritten in den nur das leichte Keuchen des alten Mannes zu
hören waren, kamen sie auf eine grasbewachsene Fläche, wo ein zerstörter
Tempel stand. Die Dunkelheit und die Büsche gaben ihnen Schutz. Der
Tempel war durch die Witterung zur Hälfte eingestürzt.
„Wir gehen da rein!"
Mit einer Hand deutete er auf das leer stehenden Gebäude. Der Raum war
düster und einige Balken waren heruntergestürzt.
„Erstmal brauchen wir etwas Licht!"
Mojio trat an eine Feuerstelle und ertaste einige Holzstücke, die er

aufeinander legte. Dann entzündete er sie. Das Feuer tauchte den Raum in ein helles Licht und Mojio setzte sich langsam auf den Boden.
„Kommt und setzt euch!"
Sagte er und machte eine einladende Bewegung.

Die Legende der Götter

Als sie sich hinsetzten, blickte Mojio in ihre Gesichter. Alexia hielt den Blick
gesenkt. Sie vetraute Fremden nicht und hielt sich an Chechi.
„Ah! Feuer!"
Er musterte Alexia, wie er zuvor Chechi gemustert hatte.
„Du bist stark,.. ehm.."
„Alexia."
Fügte sie flüsternd hinzu. Mojio strahlte sie an.
„Alexia, ein schöner Name."
Ihr wildes Gesicht verzog keine Miene. Er lächelte. Sie war überrascht über
die Freundlichkeit des Mannes und die Anspannung fiel etwas von ihr ab. Es
war schon die ganze Zeit schwer für sie ihre Vorsicht, die sie sich antrainiert
hatte wieder zu finden. Sie war noch weit davon entfernt ihre Kräfte
vollständig ein zu setzen und manchmal weinte sie Nachts wegen ihrer
Mutter auch wenn sie es nicht wollte. Mutter hatte ihr von Anfang an gesagt,
dass sie Stark sein müsse, egal was geschehen möge.
„Wir haben nicht viel Zeit, deswegen möchte ich euch eine Geschichte aus
längst vergangener Zeit erzählen."
„Die Entstehung unserer Welt!"
Chechi nickte, aber Alexias Gesicht blieb steinern. Mojio schloss die Augen
und holte tief Luft.
„Die Legende besagt, dass der Schöpfer drei Planeten erschuf und seine Söhne
fort schickte diese zu beherrschen."
Mit seinen Händen zeichnete er drei Kreise in den staubigen Boden vor sich.
„Vicious, Valerius und Ventus hießen sie."
Er malte jeweils ein V unter jeden Kreis.

106

„Valerius war zweifelsohne der Rechtschaffende."

„Vicious der Ehrgeizige und Ventus der Gierigste von ihnen."

Die beiden Zuhörer lauschten ihm gebannt zu.

„Jeder Planet entwickelte sich unterschiedlich schnell, aber bald brachen Kriege unter den Völkern aus. Die Welten von Vicious und Ventus zerfraßen sich und brachen schließlich auseinander."

Da erhob Mojio seinen Finger.

„Jedoch auf Feros herrschte Harmonie!"

Alexia schluckte.

„Aus Neid und Ärger über das eigene Versagen, versiegelten sie Valerius in seinem Planeten! Doch wer sollte nun die harmonische Welt beherrschen?"

Mojio gestikulierte weiter mit seinen Händen und beugte sich etwas über das Feuer.

„Die Brüder bekämpften sich nun gegenseitig und vergaßen Valerius völlig! Der siegreiche Vicious verbannte Ventus, doch als er die Zerstörung sah, die der Kampf herbeigeführt hatte, beschloss er unter den Völkern zu leben um seine Schuld abzutragen. Er begann sich auf die Suche nach Valerius zu machen um ihn wieder zu befreien doch er hatte kaum Zeit, weil die Welt nun seine schützende Hand brauchte."

Eine kurze Pause setzte ein.

„Die Wunden der Welt, das Unrecht, das die Welt erfahren hatte, spiegelte sich auf seinem Körper wieder. In jeder Narbe!"

Dann ergriff Chechi das Wort.

„Was ist aus Ventus geworden?"

Mojio schüttelte den Kopf.

„Das weiß keiner außer er selbst! Doch man erzählt sich, dass Ventus einen packt mit dem Dämon Asoris eingegangen ist."

Ein betretenes Schweigen trat ein. Dennoch lag Mojio eine andere Frage auf der Zunge.

„Warum bringst du eine Feuer Elementarin zu einem Tempel des Wassers?"

Chechi antwortete nicht sofort.

„Vicious und Lady Silvana hatten einen Grund sie auszubilden und ich werde diese Ausbildung fortsetzen."

Mojio nickte und gab sich mit dieser Antwort zufrieden. Zu all dem sagte Alexia nichts. Sie hatte sich die ganze Reise schon sehr zurück gehalten. Sie redete kaum. In ihren Träumen brannten immer noch die Flammen des

Hasses, die immer wieder zu ihr sprachen. Als wolle ein tiefes Feuer aus ihre heraus und alles um sie herum in Brand stecken. Sie achtete nicht darauf, aber Mojio beobachtete sie immer wieder aus den Augenwinkeln. Das Feuer hatte immer noch die Kontrolle auch wenn es schwach war.

„Nun gut mein Freund!"

Sagte Der alte Mann mit träger Stimme.

„Der Weg ist frei für euch, doch erwartet nicht zu viel, wenn ihr den Tempel erreicht habt!"

Chechi nickte und stand auf. Alexia tat es ihm nach und nickte Mojio zu.

„Wir werden jetzt aufbrechen alter Freund!"

Mojio blickte ins Feuer und beobachtete die Flammen bei ihrem Spiel.

„Die Welt wird sich wandeln!"

Chechi sagte nichts und deutete Alexia ihm zu folgen. Der Regen prasselte auf die alten Stufen nieder und spülte die Zeit fort, die die Treppe über Jahre hinweg belegt hatte. Schweigend stiegen sie hinauf. Chechi ging vorne weg während Alexia hinter ihm her schritt, mit den Stimmen des Feuers als Begleiter.

2

Von dieser Legende hatte mir Mutter schon einmal erzählt, aber da kannte ich die Geschichten von Großmutter noch nicht. Jedes Kind kannte die Legende, aber niemand wusste was es gekostet hatte. Großmutter schwieg manchmal zwischendurch wenn sie erzählte, aber ich wusste, dass es manchmal schwer für sie war das Geschehene erneut zu durchleben.

Der Regen durchnässte sie bis auf die Haut, aber sie liefen stetig weiter. Die Bambus Bäume um sie herum bildeten eine Wand aus hellem Holz. Chechi machte der Regen nichts aus, aber Alexia setzte er sehr zu, weil sie nicht auf ihr Feuer zu greifen konnte. Sie hätte es versuchen können, aber dies vermied sie. Auch wenn sie oftmals sehr Stur war und alles furcchtlos angenommen hatte, so machte ihr das Feuer viel zu große Angst. Sie marschierten immer weiter und höher. Keiner wusste wie viel Zeit vergangen war seit sie Mojio zurück gelassen hatten. Chechi dachte über die Worte seines Freundes nach. Es war klar, dass man ihn nicht mit offenen Armen empfangen würde. Je näher sie dem Ziel kamen, desto mehr Erinnerungen stiegen in ihm auf. Kleine Fetzen aus seinem Leben bevor er seine Heimat verlassen musste. Das Gesicht seines Freundes aus Kindertagen. Der Grund warum er gegangen war. Alexia schritt schweigend hinter ihm her. Das Gewicht ihres Rucksacks spürte sie längst nicht mehr. Sie strengte sich an die Stimmen in ihrem Kopf zu vertreiben.

„Brennen, es muss brennen!"

Schrien sie immer wieder, aber sie kämpfte dagegen an. Sie versuchte an ihre Schwestern zu denken und an ihre Mutter, auch wenn es schmerzte. Ein Stechen durchfuhr ihr Herz immer wieder, wenn sie daran dachte, als Lo ihr den Moment beschrieben hatte, als ihre Mutter sich zwischen sie und den Wandler warf um ihre Schwester zu retten. Alexia gab ihrer Schwester nicht die Schuld am Tod ihrer Mutter. Eine Wut und der Wunsch nach Rache brannte in ihr. Wahrscheinlich stärker als die Stimmen in ihrem Kopf. Sie ballte ihre Hände zu Fäusten bei diesem Gedanken und sie beschleunigte ihren Gang. Sie ahnte noch nichts von dem was sie erwartete , aber es war ihr egal. Sie würde alles mögliche tun um sich dem Wandler stellen zu können.

Die Gier des Königs

1

Der König saß eines abends in seinem Audienzsaal. Gerade hatte er die letzte
Bitte von Kaufleuten abgelehnt, wie auch die anderen zuvor. Er merkte immer
mehr, dass die Stadt und sein Land in Aufruhe waren. Boten berichteten von
Aufständischen, die seine Wachposten angriffen. Er selbst gab den Befehl
jedes Dorf nieder zu brennen, dass in Verdacht steht Rebellen zu beherbergen.
Es kümmerte ihn wenig. Die meisten seiner Soldaten hatte er losgeschickt um
seine Mienen zu bewachen. Der letzte Diener hatte den Raum verlassen. Es
war still. Sehr ruhig und ohne, dass er es merkte stand vor seinem Thron ein
Mann. Er trug einen schwarzen Mantel und eine Kapuze über den Kopf.
König Kabiani war noch nicht so alt, dass er nicht merkte wenn jemand den
Saal betrat, doch er tat so, als hätte er ihn längst bemerkt.
„Ihr wurdet nicht angekündigt!"
Kabiani blickte den Fremden finster an, doch er konnte seine Augen nicht
sehen. Der Fremde antwortete darauf mit seiner tiefen Stimme.
„Ja das passiert mir öfter, aber ich erscheine immer wenn es niemand
erwartet!"
Es war eine kalte Stimme und der Ton gefiel dem König überhaupt nicht.
„Verneigt euch!"
Doch als der König das letzte Wort ausgesprochen hatte, war das Gesicht des
Fremden nur noch wenige Zentimeter von seinem entfernt!
„Ich verneige mich vor niemandem, König!"
Für einen kurzen Moment offenbarte der Fremde seine Fratze und der König
sank in seinem Thron zusammen. Die dunkle Stimme erschütterte den ganzen
Raum. Eine Sekunde später stand der Mann am Fenster und blickte auf die

von hellen Lichtern beleuchteten Hof des Palastes.
„Die Zeiten sind schlecht, König!"
Sprach er mit seiner tiefen Stimme weiter.
„Die Rebellen sind im Vormarsch und die Zellen auf Makami sind überfüllt
und schlecht bewacht!"
Der König wollte den Mund aufmachen, aber die Stimme des Fremden
dröhnte weiter durch den Saal.
„Ich schlage euch ein Geschäft vor!"
König Kabiani saß immer noch verängstigt in seinem Thron und blickte den
Mann erschüttert an.
„Was für ein Geschäft?"
Der Fremde trat wieder auf den König zu.
„Euer Problem mit den Rebellen müsst ihr selbst behebe, aber ich sichere euer
Gefängnis und eure Mienen!"
Der König schluckte. Seine Stimme zitterte etwas.
„Was verlangt ihr?"
Nun offenbarte sich wieder die Fratze des Besuchers. Es war dem König
schwer zu beschreiben, weil irgendetwas seine Sicht trügt. Hier und da
erkannte er kurz einen furchterregenden Mund oder kalte Augen, die aber
sehr schnell verschwanden. Kabiani kam zum Schluss, dass er wohl sehr
müde gewesen sein musste. Der Fremde legte ihm fünf Bilder hin wo zwei
Frauen, zwei Männer und ein Mädchen abgebildet waren.
„Lasst sie im ganzen Land und über die Kontinente hinweg suchen!>
Dies schien dem König ein angemessenes Geschäft, aber der Fremde war noch
nicht fertig.
„Außerdem verlange ich, dass ihr den Handel mit den Aquarianern
einstellt!"
Auch dies schien dem König angemessen.
„Nun gut, aber welche Garantie habe ich, dass ihr euer Wort haltet?"
Das lachen des Mannes im schwarzen Mantel dröhnte durch den Raum.
„Ich habe mir gedacht, dass ihr mich das fragen würdet, deshalb reise ich
heute noch nach Makami um euer überfülltes Gefängnis zu leeren! Wartet auf
meine Nachricht und sorgt nun dafür, dass diese Personen gefunden
werden."
Noch einmal blitzten die Augen des Fremden auf. Der König verstand nicht.
„Tot oder lebendig!"

Mit diesen Worten löste sich der Fremde auf ohne seinen Namen zu nennen. Es schien eine Ewigkeit vergangen zu sein bis der König seinen Diener zu sich rief. Makami war überfüllt mit Gefangenen. In Zeiten wie diesen, wenn das Volk sich gegen seinen König auflehnt, dann kommt das schon mal vor, war immer sein Gedanke gewesen. Zu der Zeit, als sein Vater über das Land herrschte, war es schon überfüllt gewesen und Kabiani setzte die Philosophie seines Vaters fort. Diebe, Betrüger, Mörder und andere wurden gleich behandelt. Sie wurden ohne Verhandlung ins Gefängnis gesperrt. Auch Geheimorganisationen wurden nicht ausgeschlossen. Seither bewachten eine Handvoll Soldaten die Tore der Festung. Manchen gelang es die Festung zu verlassen, aber die meisten wurden, wenn sie es schafften ans Festland zu schwimmen vom wüsten Meer verschluckt und ihre toten Körper wurden in der Wüste begraben. König Kabiani befasste sich nicht mit dem Gedanken woher der Fremde seine Informationen hatte, sondern begnügte sich mit den Aussichten bald ein leeres Gefängnis zu haben und den Handel mit den Aquarinarn einzustellen würde auch kein Problem darstellen. Die Aquarianar waren ihm des längeren schon ein Dorn im Auge. Der Handel blieb, weil diese Geschöpfe einfach sehr gute Fischer und stets Schätze zu Tage beförderten, die im Meer längst verloren waren. Dennoch schickte er seinen Diener fort die nächsten Schritte einzuleiten und begab sich sorglos in seine Gemächer. Der Fremde würde in diesem Falle ein viel größeres Problem darstellen, als Rebellen oder Aquarianar.

2

Ein Schatten zog über die Welt erzählte Großmutter. Der König war in den Händen des Wandlers ohne dass er es wusste. Doch Vicious war noch nicht ganz gegangen. Der Wille seinen Bruder zu finden, hielt ihn noch in der Welt der lebenden. Seine Magie wandelte immer noch auf in der Welt, obwohl sich sein Körper längst aufgelöst hatte.

Die Schiffe der Wüstenpiraten glitten immer weiter auf den Rand der Wüste zu. Es waren zwei sehr heiße Tage an Bord des Schiffes. Männer, Frauen und Kinder hielten sich im Schatten auf. Die Vorräte gingen langsam zu neige, aber am Horizont waren bereits die Hohen Türme Ganogans zusehen. Nur Lorenza hüllte sich in ihren Wind und spendete denen, die es am meisten nötig hatten einen kühlen Windzug. Blemqvist blieb die meiste Zeit allein und sprach kaum mit jemanden. Gedankenverloren blickte er zu den hohen Türmen.

„Wir müssen in die Bibliothek."

Sagte eine sanfte Stimme. Richtung Ganogan blickend stand Lorenza neben ihm. Unbeirrt sprach sie weiter.

„Ganogan hat eine der größten Bibliotheken der östlichen Welt!"

Doch Blemqvist interessierte diese Information recht wenig. Ihn beschäftigte eine andere Frage.

„Warum hat Vicious diese Spur nicht weiter verfolgt?"

Lorenza sah ihn verblüfft an und schwieg. Sie wusste, dass sich nicht nur er diese Frage stellte sondern auch alle anderen Gefährten. Dennoch stand es ihr nicht zu Vicious zu hinterfragen. Blemqvist blickte in ihr Gesicht, dass keine Miene verzog. Sie lehnte sich an das Geländer des Schiffes. Sie sah die Erwartung in seinen Augen.

„Ihr stellt die falsche Frage!"

Die Wut stieg ihm ins Gesicht und er baute sich vor ihr auf.

„Die falsche Frage?"

Einige Männer an Deck drehten sich zu ihnen um.

„Er hat mir nie etwas gesagt!"

Seine Hände ballten sich zu Fäusten.

„Niemand kannte Vicious!"

Lorenzas Gesichtsausdruck änderte sich nicht und Blemqvist wurde noch wütender. Sie blickte ihm in die Augen und sagte mit ruhiger Stimme.

„Vicious konnte nicht!"

In seinen Augen sah sie den Unglauben!

„Vicious konnte nicht?!"

Die Worte sprudelten aus ihm heraus.

„Vicious war ein Gott!"

Sie blieb unbeeindruckt vor ihm stehen.

„Vicious war ein Gott, doch er ist menschlicher geworden und spürte die

Magie nicht mehr. Er hätte mehr verloren als ihr euch vorstellen könnt. So wie jetzt. Der Wandler hätte ihn in jener Nacht vernichtet."

Sagte sie mit ruhiger Stimme. Sie Sprach von der Nacht, in der ihre Mutter getötet wurde und wurde jetzt ernster.

„Er hätte nicht mehr die Energie gehabt sich ihm zu stellen!"

Blemqvist lachte gehässig und ihm fiel Vicious' letzter Wusch ein und Lorenza redete weiter.

„Hätte er die Spur weiter verfolgt, hätte er noch mehr seiner Magie eingebüßt! Es bedarf göttliche Magie diese Tore zu öffnen und unserer eins braucht weniger Kraft, weil wir uns nicht der göttlichen Fähigkeiten bedienen können!"

Das hatte sie im Tempel von Habela festgestellt. Die Luft und Energie dieses Raumes wirkte bei ihr und Dämonen anders, als bei Vicious. So mächtig er auch war, er hätte diesen Raum womöglich nicht einmal betreten können. Das verhinderte das Blut, dass durch seine adern floss. Darauf trat Blemqvist zurück und starrte wütend zu Boden. Er schüttelte den Kopf und ließ sie stehen.

Die steinernen Mauern von Ganogan

1

Ganogan war zu dieser Zeit eine der reichsten Städte der östlichen Welt. Die Leute lebten vom Handel und vom Erz und Nitrit Abbau. Um die Stadt zog sich eine mehrere Meter hohe Mauer. Soldaten patrouillierten an jeder Straßenecke und die Häuser wurden aus dem selben Stein wie die Mauer gebaut und diese Farbe zog sich durch die gesamte Stadt. Die Bewohner hüllten sich in helle Mäntel um sich vor der glühenden Hitze zu schützen. Viele verschiedene Kreaturen lebten an diesem Ort. Lorenza und Blemqvist hatten sich von Rabbos und Symone verabschiedet und machten sich auf in die Mittagssonne. Symone hoffte sie würde Lorenza wiedersehen, aber nach dem was vor ihnen lag, mochte dies Lorenza nicht versprechen. Die Straßen waren gefüllt mit Menschen und die zwei Fremden an diesem Ort bewegten sich unauffällig durch die Menge. Die Bibliothek überragte die anderen Häuser und war von weitem schon zu erkennen. Die Gebäude in der Umgebung bildeten einen Platz um die Bibliothek. Lorenza achtete darauf niemanden zu berühren und sie glitten ohne Vorkommnisse an das große Portal. Lorenza zog das aus schwerem Holz bestehende Portal auf und sie traten ein. Ohne jeden Zweifel war dies die größte Bibliothek der Welt. Die Halle war alt und verstaubt und unzählige Bücherregale reihten sich eng an einander und zogen sich hoch bis zur Decke. Es war sehr kühl. Ein alter, untersetzter Mann mit einem kurzen Gehstock ging langsam auf sie zu.
„Hallo Fremde, was wünscht ihr?"
Lorenza nahm die Kapuze vom Kopf und verneigte sich mit einer einladenden Handbewegung. Dann warf sie ihre Haare zurück und sagte.
„Wir sind auf der suche nach alten Landkarten."
Der kleine Mann hustete.

„Kommt, ich zeige sie euch!"

Sie musste feststellen, dass die Leute hier sehr Hilfsbereit waren. Dies galt nicht für jeden Ort an dem sie jemals war. Damit folgten sie ihm durch die Regalreihen. Er brachte sie direkt zu einer Ecke in der sich mehrere sorgsam eingerollte Pergamente im hölzernen Regal reihten.

„Was sucht ihr genau?"

Fragte der Mann mit heiserer Stimme. Blemqvist folgte ihnen desinteressiert. Er schaute sich um. Die meisten Bücher waren gezeichnet von der Zeit. Staub hüllte sich um das alte Papier und bei vielen Büchern ragten verblichene Papierfetzen heraus. Was ebenfalls unverkennbar war, war der Sand. Er lag eigentlich überall wo man hinsah. Es war sehr still in dieser riesigen Halle das durch das Sonnenlicht an den runden Dachfenstern erleuchtet wurde. Das einzige Geräusch war das rascheln der Landkarten, die Lorenza betrachtete. Ihre Haare waren zu einem Zopf gebunden und hing ihr über die linke Schulter. Ihr Blick war konzentriert.

„Hier ist noch eine Karte welche die Veränderung der Landschaft auf dem westlichen Gebirge aufzeigt."

Sagte der alte Mann und rollte sie neben der Karte aus, die Lorenza gerade betrachtete. Sie nickte und warf einen Blick darauf. Immer wieder wiederholte sie die Worte, die sie im Wüstentempel gelesen hatte. „...Vier Wächter.."

Sie suchte nach den Wächtern. Doch was waren diese Wächter? Während der Reise hatte sie darüber nachgedacht, aber sie kam nicht darauf. Schließlich sagte sie.

„Können wir uns diese Karten irgendwo kopieren?"

Der alte Mann rollte die Karten ein und verschwand hinter einigen Bücherregalen. Da kam Blemqvist auf sie zu.

„Und?"

Sagte er und sah sie fragend an. Ihr Gesicht war ausdruckslos.

„Wir müssen über den Ozean in den Westen."

Er nickte geringschätzend.

„Ja und weiter?"

Sie sagte nichts und zog sich die Kapuze wieder über den Kopf. Da kam der alte Mann wieder und gab ihnen die Karten.

„Hier habt ihr eure Karten Fremde."

Dann tippte sich der alte Mann mit seinem Zeigefinger an sein Kinn.

„Falls es euch hilft habe ich noch eine alte Karte vor der riesigen Flut, die den westlichen Kontinent fast zerstört hatte!"

Der Mann verschwand um eine Ecke und zeigte sie ihr. Mit einem Blick weiteten sich ihre Augen. Sie wusste, dass es mal eine Sintflut gab, aber nicht davon, dass sich dabei der Kontinent verändert hatte. Lorenza bedankte sich mit einer leichten Verbeugung.

„Habt vielen Dank."

Dann gingen sie hinaus. Blemqvist war in Gedanken, aber auch er bemerkte das plötzliche Treiben auf dem Platz vor der Bibliothek. Lorenza zog ihn hinter die Säule und hüllte ihr Gesicht in ihr Tuch.

„Verhüllt euch!"

Blemqvist zog sich seine Kapuze tief über das Gesicht. Die Menge teilte sich und einige Soldaten ritten hindurch in silberner Rüstung und einem goldenen Greifvogel auf der Brust.

„Der Fürst von Ganogan!"

Flüsterte Lorenza Blemqvist zu. Ein großer Mann in weißer Rüstung und langem blondem Haar ritt nun langsam an ihnen vorbei. Sein Blick war grimmig und entschlossen. Die Leute jedoch jubelten ihm nicht zu. Eine Furcht lag in ihren Augen. Hinter ihm ritten einige Generäle und noch jemand. Lorenza zog sich das Tuch weiter über die Nase und Blemqvist drückte sich an die Säule. Ein Mann mit dunkel grünem Mantel und blass weißem Gesicht. Fast schon grün ritt zwischen den betrübten Soldaten, die alle mürrisch dreinblickten dahin. Seine Haut war glatt und er grinste. Seine Lippen waren ebenso grünlich angehaucht, wie seine Augen. Lorenza erinnerte sich sofort an den Abend, als sie in der Halle waren, während dieser Dämon belustigt daneben stand, als ihr Mutter starb.

„Ein Dämon!"

Lorenza nickte und beide duckten sich in den Schatten der Säule.

„Sie wissen, dass wir hier sind!"

Blemqvist knirschte mit den Zähnen.

„Wir müssen sofort die Stadt verlassen!"

Sie nickte und achtete darauf, dass sich der Dämon nicht nach ihnen umsah. Sie griff an die Tasche um sich zu vergewissern, ob die Karten noch da waren und sie verschwanden, als der Zug von Soldaten an ihnen vorbei war in der Menge.

Der Abend brach heran und die beiden Flüchtigen hatten sich Vorräte organisiert um so schnell wie möglich die Stadt zu verlassen. Sie hatten einen alten Stall ausgemacht, den sie als Versteck nutzten. Dieser Stand zwischen mehreren steinernen Häusern, die nicht bewohnt waren. Sie warteten nur noch auf den Anbruch der Nacht. Blemqvist hockte im Schatten eines Fensters und beobachtete die Straße, aber den ganzen Tag über war da kein Mensch entlang gekommen. Es wehte ein sandiger und feindseliger Wind in dieser Stadt, die nur aus Stein bestand. Lorenza studierte weiterhin die Karten und schwieg. Überhaupt redeten sie kaum miteinander. Die meisten Worte wechselten beide im Kampf. Weder er erfuhr etwas von ihr noch sie von ihm, aber das störte Blemqvist nicht, weil sie bloß einen weiteren Auftrag ausführten. Dennoch zweifelte Blemqvist an diesem Vorhaben, aber er sagte es ihr nicht. Er traute ihr zwar immer noch nicht so wirklich, was nicht weiter verwunderlich war, aber Vicious hat den Befehl gegeben. Blemqvist redete sich dies so oft wie möglich ein ob es nun stimmte oder nicht.

Kesat Li

1

Ein weiter Weg führte hinauf zum Tempel der Wasserelemtari. Meist
schweigend kletterten sie, liefen oder sprangen. Alexia fühlte sich immer
stärker doch nachts plagten sie Albträume von denen sie Chechi, aber nichts
erzählte. Ein immer wiederkehrender Traum von brennenden Körpern. Sie
begann eines Nachts gegen diese Gedanken anzukämpfen, aber ob es etwas
nützte, wusste sie nicht. Steile Abhänge erschwerten ihnen den Aufstieg. Die
Luft wurde stickiger und es wurde immer schwerer Luft zu bekommen.
Es wuchsen kaum Pflanzen auf dieser Höhe und sie durchbrachen die
Wolkendecke. Es war spät geworden, als sie beinahe den Gipfel erreicht
hatten und vor ihnen die riesigen Gemäuer des Klosters auftauchten.
„Da ist es!"
Sagte Chechi mit gedämpfter Stimme. Von dem Gipfel auf dem sie standen,
führte eine schmale Holzbrücke zum Tor des uralten Klosters. Es zog ein
Sturm herauf und leichter Regen setzte ein und machte das alte Holz rutschig.
Schritt für Schritt überquerten sie die Brücke bis sie schließlich vor dem Tor
standen.
„Halt dich bereit!"
Sagte Chechi und ließ seinen Rucksack zu Boden sinken. Im selben
Augenblick prasselten Druckwellen aus Wasser auf sie herein. Alexia warf
ihre Hände schützend vor ihr Gesicht. Sie war noch nicht stark genug ihre
Kräfte einzusetzen und der Traum hielt sie davon ab. Sie blickte hinüber zu
Chechi und sah wie er eine schützende Kuppel aus Wasser um sie herum
errichtet hatte.
„Chechi!"

Hörte sie jemanden rufen.

„Du Verräter traust dich noch einmal hierher?"

Durch die Wasserwand sah sie, dass das Tor einen Spaltbreit geöffnet wurde und ein Mann in einem roten Gewand vor ihnen stand.

„Ich werde dir zeigen, wie man mit Mördern umgeht!"

Die Druckwelle wurde stärker. Alexia wusste, dass sie was tun musst, doch als sie zu Chechi hinüber sah, schüttelte er kaum merklich den Kopf und sie sah die Trauer in seinen Augen. Eine tiefe Schuld umschwang seine blauen Augen und sie hielt sich zurück. Er griff nicht an, aber er verstärkte seine Energie und mit einem mal war, die Energie verschwunden. Das Wasser fiel zu Boden und bildete Pfützen aus um die Männer herum. Ihre Blicke trafen sich. Der Mann am Tor rief erneut.

„Ich habe auf diesen Tag gewartet und ich werde dich dafür zur Rechenschaft ziehen, was du meinem Bruder angetan hast!"

Einige neugierige Blicke erschienen auf der Mauer und am Tor. Junge Mönche in weißen Gewändern versammelten sich um das Geschehen herum.

„Ich habe hart dafür trainiert um dir endlich gegenüber zu stehen!"

Der Mann setzte einen Fuß nach vorne und streckte seine flache Hand aus. Dann wurde sein Blick konzentriert und er sammelte seine Kraft. Der Wind um sie herum hörte auf zu wehen und das Wasser, dass noch kurz zuvor die Pfützen bildete erhob sich und formte sich zu einem gewaltigen Speer.

„Jetzt wirst du bezahlen!"

Rief er und mit einer schwungvollen Handbewegung schoss der Speer auf Chechi zu. Alexia blickte sich erschrocken zu Chechi um, dessen Blick verfinsterte sich und sie erkannte eine tödliche Kälte auf seinem Gesicht. Sie kannte diesen Blick nur zu gut. Ihre Schwester hatte diesen Blick, wenn sie kurz davor war ihre Opfer sterben zu lassen. Die Erde begann leicht zu beben und Alexia zog sich einige Schritte zurück. Im nächsten Moment schlug der Speer ein und sie hob ihren Arm schützend vor ihr Gesicht. Ein lautes Geräusch wie zersplitterndes Glas ertönte und lies alle Zuschauer zusammenfahren. Einen Meter vor Chechi war er an eine kaum sichtbaren Luftblase zersplittert und alles was übrig blieb war einen Pfütze aus klarem Wasser. Chechi hatte beide Hände ausgestreckt um den Speer aufzuhalten. Ein mitleidiger Ausdruck auf seinem Gesicht blieb. Die Wut war verschwunden und blitzte nicht mehr auf. Der Mann am Tor konnte sein Staunen nicht verbergen, aber sofort machte er sich daran den Angriff zu wiederholen. Alexia blickte zu Chechi hinüber und sie hielt vor entsetzen den Atem an. Er ging auf die Knie und verbeugte sich tief im Schlamm.

„Ich, Chechi, der einst davon lief, bin zurückgekehrt und erbitte nun Einlass in die Hallen meiner Väter und meiner Familie!"

Seine Stimme zitterte. Dies war der Moment vor dem er sich am meisten gefürchtet hat, dachte er. Nun kniete er im Dreck. Chechi erinnerte sich, was Vicous ihm einst gesagt hatte.

„Die schwersten Momente sind die, die einen stolzen Mann dazu zwingen sich vor denen zu erniedrigen, die er verletzt hat!"

Chechi spürte, wie sein Herz schneller schlug. Er fühlte sich schwach und wartete nur noch auf das Urteil. Jedes andere Gefühl war aus seinen Gedanken verschwunden. Sein Leben lang, war er vor diesem Urteil weggelaufen und nun würde es auf ihn einprasseln und jetzt, wo er vor dem Tor kniete würde er es annehmen.

„Jetzt stirbst du!"

Rief der Mann, der wie Alexia merkte, kaum älter, als ihre Schwester Lorenza sein musste. Doch bevor er den nächsten Speer sammeln konnte, ertönte eine raue Stimme über das Geschehen hinweg.

„Aufhören!"

Eine Art Wasserpeitsche löste jede Anspannung auf. Die Zuschauer fielen nach hinten weg und der Angreifer ging zu Boden und landete ebenfalls im Schlamm seiner eigenen Energie.

„Muro! Wie kommst du dazu deine Kräfte gegen andere Menschen anzuwenden!"

Der Mann der Muro hieß versuchte sich aufzurappeln, aber etwas hielt ihn zurück.

„Es ist Chechi!"

Nun trat der ältere Mönch, wie Alexia nun erkannte aus dem Tor hinaus ins Freie.

„Chechi.. ."

Flüsterte er und hielt inne.

„Los! Geht sofort wieder an eure Arbeit!"

Rief er den jungen Mönchen zu, die sich wieder aufgerappelt hatten und nun Chechi mit sehr neugierigen Blicken beäugten, der sich nicht bewegte. Sein Gewand war Gelb und seine Haut war gebräunt von der Sonne. Er hatte keine Haare auf dem Kopf. In seiner rechten Hand hielt er einen langen Holzstab.

Nachdem er sich neben Muro gestellt hatte, der immer noch auf dem Boden kauerte, stieß er dem den Stab in die Seite.

„Los, Muro geh dich waschen und bereite dich für die nächste Übungsstunde vor!"

„Aber er.. ."

Doch ein weiterer Hieb brachte Muro zum schweigen. Er stand auf und warf Chechi einen letzten finsteren Blick zu und ging widerstrebend in Richtung Tempel. Der alte Mönch ging schweigend auf sie zu.

„Erhebe dich, Chechi!"

Zum ersten mal regte sich Chechi und stand ohne ein Wort auf. Seine Kleider waren durchnässt und der Schlamm klebte an ihnen. Ausdruckslos sah er zu Boden als der Mönch vor im stand. Alexia sah zum ersten mal diesen Ausdruck auf seinem Gesicht. Nun sah der Mönch Alexia zum ersten mal an, aber er sagte nichts. Seine müden Augen wanderten wieder zu Chechi rüber.

„Du hast lange gebraucht, um den Weg nach Hause zu finden, mein Sohn.>
Eine Träne floss ihm über die Wange und er hob seine Hand an Chechis Gesicht und fuhr mit seinem Daumen über die Narbe auf seiner Gesichtshälfte.

„Du hast sehr viel durchgemacht!"

„Kommt!"

Er legte Chechi seinen Arm auf die Schulter und ging mit ihm auf das Tor zu. Sein Ton war entschieden.

„Es ist schon spät."

Sagte er, als er zum Himmel hinauf sah.

„Ich bringe euch zu euren Schlafplätzen und wir besprechen Morgen alles weitere."

Im inneren des Klosters , war ein riesiger Hof und dahinter eine große Treppe, die zum Haupthaus führte. Der Mönch geleitete sie zu einer Kammer, die im hinteren Teil des Hauses lag. Alles schien alt und heruntergekommen. Er öffnete die Tür und Chechi ging wortlos hinein. Alexia wollte ihm folgen doch der Mönch hielt sie zurück.

„Mein Name ist Esteos!"

Er verneigte sich leicht. Sie nickte und antwortete.

„Alexia. Danke dass ihr uns hinein gelassen habt."

Esteos schaute zu Chechi hinüber, der sich wortlos auf einem Sack mit Stroh nieder ließ.

„Es war ein großer Schritt hierher zukommen, doch ich kann mir vorstellen, dass es einen Grund dafür gibt!"

Alexia nickte und ging ebenfalls in die Kammer. Esteos verabschiedete sich und schloss die Tür. Alexia legte ihre Sachen ab und ließ sich auf einem weiteren Sack mit Stroh nieder. Es schien so, als wäre Chechi eingeschlafen, doch sie wusste, dass er wach war.Dennoch wollte sie ihm jetzt keine Fragen stellen. Es war noch genug Zeit dafür. Jetzt erst spürte sie wie erschöpft sie eigentlich war. Dann drehte sie sich auf die linke Seite und schlief fast sofort ein. Chechi, aber starrte zur Wand gegenüber und fühlte sich zum ersten mal seit langer Zeit wieder müde und erschöpft. Ein Gefühl, dass er vergessen hatte, bohrte sich durch sein Herz und ließ ihn ruhen. Vergessen war der Wandler und Vicious. Nun war er wieder da, wo alles angefangen hatte und die Schuld kehrte in sein Herz zurück.

2

In Ganogan war ebenfalls die Nacht angebrochen und die ganze Stadt legte sich zur Ruhe bis auf Lorenza und Blemqvist. Sie hatten es geschafft unbemerkt das westliche Stadttor zu durchqueren und waren nun auf dem Weg nach Belgon. Belgon lag nur zehn Meilen von ihnen entfernt und war weniger bewacht. Sie hatten beschlossen sich dort einen fahrbaren Untersatz zu besorgen, weil sie so schnell wie möglich die steinerne Stadt hinter sich lassen wollten. Es war ein glücklicher Zufall, dass sie den Dämon entdeckt hatten. Eine steinerne Straße lag zwischen ihnen, aber sie mussten einen Umweg durch das Unterholz machen. Sie durchquerten, alte Landwege, die früher mal von Bauern genutzt wurden. Der Mond erhellte ihnen den Weg, während sie an verlassenen Bergwerken vorüber kamen. Es war interessant zu sehen, dass obwohl es hier so gut wie keine Berge gab, die Bewohner es geschafft hatten, so viel Stein heran zu bringen um diese Stadt zu errichten.

„Ist es nicht seltsam, dass es so verlassen ist?"

Sagte Lorenza irgendwann, als sie mittlerweile am zehnten leerstehenden Bauernhaus vorbei kamen. Auch Blemqvist war es aufgefallen. Sie traten an eines der Häuser näher heran und warfen einen Blick durch ein Fenster. Es war nichts zu erkennen. Die Dunkelheit verschlang alles.

„Wir müssen weiter!"

Sagte Blemqvist einige Augenblicke später. Der Weg war noch weit und auch er merkte, dass sie verfolgt wurden.

Von Eisen und Leben

1

Marley hatte nach der Entdeckung von Maxines Fähigkeit einen Test
vorbereitet. Am nächsten Tag stellte er ihr eine Holzfigur hin und fragte sie,
ob sie sie zum Leben erwecken könnte, aber sie konnte es nicht. Es wunderte
ihn nicht, weil er schon eine Vorahnung hatte, dass es wohl eher mit etwas
lebendigerem zu tun hatte. Er schraubte ihr einen kleinen Roboter zusammen.
Kaum größer als eine Tischlampe und siehe da! Sekunden später spazierte er
neugierig auf der Tischplatte umher. Doch etwas anderes geschah ebenfalls.
Es war nur eine Idee gewesen, aber er probierte es trotzdem. Er legte ihr einen
toten Käfer auf den Tisch. In der ganzen Zeit sagte sie nichts dazu und tat was
er ihr auftrug. Auch der Käfer krabbelte auf der Tischplatte so als wäre er
niemals tot gewesen.
„Kleine, du bist unglaublich!"
Hatte er danach gesagt und hatte wortlos begonnen ihre Sachen zusammen
zu packen. Dann ging er hinaus und kam erst Stunden später zurück. In
dieser Zeit saß Maxine immer noch am Küchentisch und beobachtete den
Käfer wie er mit seinen acht dünnen Beinen von einer Ecke des Tisches zur
anderen krabbelte. Sie dachte an ihre Schwestern. Was sie wohl taten? Ging es
ihnen gut? Wenn sie an ihre Mutter dachte, floss ihr eine Träne die Wange
hinab, die sie aber sofort wieder wegwischte. Ihre Mutter hatte immer gesagt,
dass sie stolz darauf ist, wie stark ihre Töchter sind. Die Sonne ging langsam
hinter den Bergen unter. Irgendwann kam Marley zurück.
„Maxine?"
Er trat ausgerüstet mit einer Fliegerbrille in der Tür und legte ihr eine auf den
Tisch.
„Hier, wir brechen auf!"

Sie sah ihn fragend an. Er lächelte.

„Wir fliegen!"

Sagte er lachend.

„Komm schon."

Sie gingen hinaus. Hinter dem Hof auf einer Wiese ankerte ein Luftballon artiges Flugschiff mit einem Motor. Die Flügel hatten einen Durchmesser von wenigstens zehn Metern. In der Mitte war eine Art Korb aus Stall in dem sie Platz fanden. Der Motor startete und erst langsam und dann immer schneller stiegen sie in den Himmel hinauf. Zu Anfang rumpelte der Motor etwas doch, als sie dann die richtige Flughöhe erreicht hatten, lief er rund. Das Steuer bestand aus einer eher wild zusammen gewürfelten Armaturen und einem Lenkrad, dass wie der Rest aus Metall bestand. Maxine hüllte sich in ihren Mantel und fand hinter Marley auf einer hölzernen Sitzbank platz. Für sie war es nichts besonderes gewesen diese Roboter zum Leben zu erwecken, oder den Käfer. Es gelang ihr nicht immer, aber wenn es gelang, war es immer ganz einfach. Mutter hatte einmal gesehen, wie sie einen kleinen Vogel wieder zum Leben erweckt hatte, aber nichts gesagt. Wieder verspürte sie den Drang zu weinen, aber sie hielt die Tränen zurück. Gebannt sah sie sich immer wieder um, als sie durch die Wolkendecke brachen. Ein Vogelschwarm flog sehr nahe an ihnen vorbei. Als die Sonne vor ihnen auftauchte, starrte sie gebannt von der Kraft mitten in sie hinein. Es fing an vor ihren Augen zu flimmern. Marley beobachtete sie aus den Augenwinkeln und lächelte. Dann beugte sie sich zu ihm nach vorne.

„Wo fliegen wir hin?"

Fragte sie mit einer gewissen Aufregung in der Stimme.

„Wir fliegen nach Bran´Gonda!"

Sagte er lächelnd und merkte immer mehr, dass Maxine endlich etwas gelassener wurde.

„Die eiserne Festung ist der beste Ort um an Maschinen heran zu kommen."

Er kratzte sich am Kinn und sprach weiter.

„Ich denke nicht, dass uns jemand folgen wird, aber wir müssen vorsichtig sein!"

Maxine nickte. Marley dachte nach. Das Mädchen hatte die Gabe Dinge zum leben zu erwecken. Doch wusste er auch, dass ihre Kraft nicht weit ausgeprägt war, aber es sollte reichen. Die eiserne Festung war genau der richtige Ort um seinen Plan umzusetzen. Eisen gab es viel auf dieser Welt, aber um es richtig zu verarbeiten, brauchte man Wissen. Genau das fehlte an vielen Orten diesseits und jenseits des Kontinents. Die Menschen fanden das Nitrit in der Erdkruste und vergaßen das Eisen, aber Bran´Gonda bestand aus Eisen und die Menschen dort verstanden es etwas daraus zu schaffen. Die Häuser und Straßen. Alles bestand dort aus Eisen. Räuber und verfeindete Völker griffen die Festung nie an, weil sie wussten dass es keinen Weg hinein gab. Wenn man so will, war es wohl der sicherste Ort dieser Welt. Menschen, Aquarianer, Guinariar und andere Wesen wie Nachtgnome und Lichtfalter lebten dort in Frieden und mit einem Ziel. Die Sicherheit der Festung zu gewährleisten. Jeder war dort willkommen, doch man musste die Regeln befolgen, damit man auch da bleiben konnte. Marley selbst war schon einige Male da gewesen und er kannte sich dort aus. Als die Sonne langsam am Horizont unterging und der Wind etwas stärker wurde, hüllte sich Maxine in eine dicke Wolldecke und schlief ruhig auf der Bank ein. Marley sah immer wieder zu ihr zurück und fragte sich, ob Vicious von ihrer Gabe wusste. Wenn er davon wusste, warum sollte sie dann nicht mit Chechi gehen? Es gab so einige Dinge, die ihm in dieser Geschichte nicht passten. Vor etwa 20 Jahren hatte er Vicious zum letzten mal getroffen. Zu dieser Zeit war er, Marley noch ein junger Erfinder, der aus jedem Schrott irgendetwas baute und, als Viciuos damals die eiserne Festung verlassen hatte und ihn dort zurück lies, sagte er, dass er hoffe, dass sie sich nie wieder über den Weg laufen würden. Vor einigen Jahren hatte er mehrere Male das Vergnügen gehabt mit Blemqvist zu arbeiten, aber mehr auch nicht. Es handelte sich entweder um Waffen, oder um besondere Maschinen, die Vicious brauchte. Schon zu dieser Zeit fragte sich Marley wozu ein Gott Maschinen brauchte. Als es dunkel wurde, entzündete Marley eine kleine Lampe und überließ dem Autopiloten das Steuer um auch etwas zu schlafen. Doch er blieb noch lange wach.

2

Die Dunkelheit schien einem die Kraft zu nehmen. Sie war nun schon eine gefühlte Ewigkeit in diesem Loch. Es war stets dunkel geblieben. Die Kälte spürte sie nicht mehr. Sie lag mit dem Gesicht auf dem kalten Steinboden. Ab und an mal rührte sie sich um etwas anderes zu fühlen, aber die Hoffnungslosigkeit hatte sie längst eingeholt. Die einzigen Besucher waren der Wärter und eine kleine Ratte, die ihr ab und an erlaubte etwas anderes zu sehen. Durch die Augen des Wärters wollte sie nicht mehr sehen. Stunde um Stunde hoffte sie, dass endlich jemand kommen würde um diese Qualen endlich zu beenden, aber sie wurde am leben gelassen und wenn sie nicht essen wollte, wurde sie gezwungen. Ihre Augen hatten angefangen etwas zu brennen. Wo es herkam wusste sie nicht und sie versuchte es zu ignorieren, was ihr teilweise gelang.

3

Es war Nacht, als der Wandler die Insel Makamis betrat. Die Nacht wurde schwärzer und er selbst spürte, wie seine Hände zitterten. Es war die Aufregung und Vorfreude, die seinen kalten Körper durchfuhr.
„Halt!"
Rief jemand, doch den Wandler kümmerte es nicht.
„Ihr seid alle vergessen!"
Flüsterte er in die Nacht hinein. Dann breitete er seine Arme aus und flüsterte eine Formel, die niemand außer ihm verstand. Es war ein kaltes Zischen. Langsam legte sich ein dunkler Schleier um die gesamte Insel. Das Stöhnen der Gefangenen, das Schreien der Wahnsinnigen und das Flehen der Unschuldigen verstarb. Das einzige Geräusch kam von der Küste, wo das Wasser am Ufer brach. Der Wind schwieg und traute sich nicht sich zu rühren. Nach kurzer Zeit verschwand der Schleier und der Wind blies um die Festung herum, aber die Stimmen kamen nicht zurück. Als wäre das Gefängnis immer leer gewesen. Niemand war mehr dort. Der Wandler spürte die Zufriedenheit in seinem ganzen Körper. Auch diese Armen Seelen sind nun vergessen. Er lachte laut auf und seine hohe Stimme ließ jede Hoffnung sterben. Neue Kraft durchströmte ihn und er genoss jedes Prickeln. Er hob erneut seine linke Hand und ließ die Kugeln wieder erscheinen. Sie leuchteten noch heller. Bald war es soweit. Dann würde er sich selbst um die Flüchtigen kümmern.

Die Ruhe in mir

1

Alexia wachte Stunden später schweißgebadet auf. Die Kammer war dunkel und das einzige Licht kam von einer Kerze, die auf einer alten Holzkiste stand. Der Strohsack auf dem Chechi geschlafen hatte war leer. Ihr Rücken schmerzte etwas. Dennoch stand sie auf und schob die sperrige Holztür auf. Ein leichter Windzug kam ihr entgegen und sie spürte sofort die feuchte Luft auf ihrem Gesicht. Der Gang war dunkel und sie tastete sich an der Wand entlang, bis sie im Torbogen stand. Sie hatte in ihrem ganzen Leben noch nie solche Wasserspiele gesehen. Junge Männer und sogar Kinder ließen das Wasser tun, was sie wollten. Sie spürte die Energie, die von diesen Wasserelemantari aus ging auf ihrer Haut. Einige sprangen von Stein zu Stein und ließen sich von ihrem Wasser verfolgen. Andere tanzten mit dem Wasser und gaben ihm Formen. Als würden sie schweben. Sie konnte ihre Augen nicht von ihnen lassen. Doch nach einiger Zeit blickte sie in ihre Hände und spürte die Schwäche. Die Schwäche, die sie seit dem Tod ihrer Mutter bis hierher immer begleitet hatte. Langsam vergrub sie ihr Gesicht in ihren Händen.

2

Schweiß, Blut, Tränen. Immer wieder wiederholte Chechi diese Worte. Die Worte die er mit seinem Freund immer vor jeder Prüfung aufgesagt hatte. Noch nie war seine Erinnerung so klar geworden, wie jetzt. Die Kammer der

Ruhe lag tief unten in den Kellern des Tempels. Ein runder Raum. An den Wänden ragten die Köpfe des Wassergottes Asis heraus der Wasser spie. Chechi hockte seit dem Morgengrauen im Schneidersitz da und konzentrierte sich. Seine Augen waren geschlossen und er lauschte dem Fließen des Wassers. Kein Muskel rührte sich. Zwischen seinen Augen leuchtete immer wieder ein kleines Licht auf, dass so schnell erlosch, wie es kam. Chan, sein Freund erschien immer wieder in seinen Gedanken und verschwand, wie damals, als er starb. Zum hundertsten mal sah er Chan jetzt abstürzten.

3

Die Tränen rannen ihr über das Gesicht.
„Hallo?"
Sagte eine alte raue Stimme. Alexia sah auf und ein kleiner runder Mönch ohne Haare schaute sie an. Sie wischte sich die Tränen aus dem Gesicht und verneigte sich.
„Entschuldigt, dass ich ihr Training störe.>
Sagte sie und dann versagte ihre Stimme wieder. Der runde Mönch hustete und lächelte.
„Training?"
Er blickte zu den Jungen Männern, die ihre Energie sprießen ließen.
„Das ist Freizeit..ähm.. ."
„Alexia."
Sagte sie und verneigte sich erneut. Der Mönch blickte sie freundlich an.
„Ich bin Ligis."
Als er sie näher betrachtete, runzelte er die Stirn.
„Was treibt eine Wächterin des Feuers hier her?"
Sein Blick fiel gen Himmel.
„Folgt mir, Alexia!"
Alexia war verdutzt und ging ihm schweigend hinterher.
Ligis brachte Alexia in eine Kammer in den oberen Stockwerken. Jeder Gang glich dem anderen. Während er ihr einen Platz auf einer Wolldecke zuwies fing er an zu reden.

„Wisst ihr, es ist schon überraschend genug, dass Chechi zurück gekehrt ist, aber welche Rolle spielt ihr?"
Alexia blickte wieder auf ihr Hände. Einige Narben auf ihren Handflächen, ließen die Bilder der Vergangenheit wieder real werden. Sie wusste nicht wieso, aber sie traute diesem Mann. Sie fing an ihm ihre Geschichte zu erzählen. Sie erzählte von ihrer Mutter und von Vicious. Von ihrer gelungenen Flucht und vom Wandler. Der Mönch hörte aufmerksam zu und unterbrach sie nicht. Als sie endete, musterte er sie aufmerksam von seinem Stuhl aus.
„Als das Feuer in euch immer stärker wurde, was habt ihr gehört?"
Alexia sah wieder auf ihr Hände.
„Es wollte, dass alles brennt!"
Darauf nickte der Mönch und schwieg eine Weile. Er sah sie mitleidig an.
„Wir sind Wächter des Wassers und das Wasser ist unser Freund!"
Sie sah zu ihm auf und sie wusste, dass das Feuer nicht ihr Freund war.
„Ich zeige euch etwas!"
Der Mönch stand auf und deutete ihr, ihm zu folgen.

4

Das Wasser floss immer noch und je mehr er dem Wasser lauschte, desto mehr wusste er, dass er sich den Gesetzen, des Tempels nicht widersetzen darf, aber er kannte noch eine Möglichkeit Alexia zu helfen und dem Tempel das zu geben, was er ihm über die Jahre verwehrt hatte. Zwei Seelen! Eine Macht! Stirbt der eine, muss auch der andere den Weg gehen! All die Jahre floh er vor seinem Schicksal. Auch Vicious hatte ihm dazu geraten sich seinem Schicksal zu stellen. Doch Chechi tat es nicht. Geflohen, wie ein feiger Hund war er, dennoch glaubte sein Herr immer an das Gute in seinem Schüler und er hatte recht. Seit Stunden saß er in dieser Kammer. Er wusste nicht mehr wie lange es war. Kein Hunger und kein Durst brachte ihn hier heraus. Vor langer Zeit saß er hier schon mal, doch damals war er geflohen und hatte sich nicht seiner Verantwortung gestellt. Chechi verzog keine Miene. Sein Gesicht war starr nach vorne gerichtet. Als Chan und er noch ganz klein waren, wusste jeder dass sie zusammen die Prüfungen, des

Wassers bestehen würden. Chan war wie er. Doch Chechi hatte versagt. Als Freund und als Wächter. Nun wollte er nicht mehr versagen. Nun wurde es Zeit das einzulösen, was er zuvor nicht einlösen konnte.

5

Der Mönch brachte Alexia hinter das Hauptgebäude auf einen kleinen Hof. Der Stein war grasbewachsen und erzählte seine Geschichte. Kerben und Kratzer in einer der verrotteten Mauern.
„Einst trainierte der junge Chechi hier für sich."
Als sie näher an die Mauer heran trat sagte der Mönch mit ruhiger Stimme.
„Als Chan und Chechi älter wurden, wurden die Kerben weniger und Chechi konnte seinen Freund nicht retten und floh. Alexia spürte die Trauer in seiner Stimme und ihre Blick wanderte wieder auf die Kerben. Mit einer Hand strich sie eine Linie entlang. Sie erinnerte sich an einen regnerischen Tag. Alexia hatte früher auch immer wieder allein trainiert . Einst kam ihre Mutter zu ihr und fragte sie, was ihr größter Wunsch war. Damals hatte Alexia als junges Mädchen geantwortet.
„Ich will die stärkste auf der ganzen Welt sein!"
Dieses Ziel hatte sie so hartnäckig verfolgt und das Feuer folgte ihr. Das Feuer spornte sie immer mehr an, doch ihre Mutter ermahnte sie sich nie auf das Feuer einzulassen. Das Feuer müsse ihr gehorchen. Es soll sich erst dann zeigen, wenn sie es wünscht. Dennoch spornte sie das Feuer immer mehr an und machte sie wütender, weil es nicht stark genug war und sie wollte immer mehr und immer weiter. Eines Tages kam Maxine dann zu ihnen, aber es geschah etwas, was sie nicht verstand. Während Lorenza den Wind immer besser beherrschte, brach das Feuer aus ihr selbst wie eine Urgewalt aus. Maxine hingegen trainierte kaum und selbst Mutter wusste das, aber dennoch schien die kleine stärker zu werden, aber Alexia verstand nicht warum. Es war Neid. Ligis stellte sich neben sie.
„Seid ihr wütend?"
Sie biss sich auf die Lippen und versuchte ein Schluchzen zu unterdrücken.
„Unsere Kraft nährt sich von Gefühlen und Emotionen!"
Sagte er und wischte ihr mit einem Wink seiner Hand die Träne aus dem

Gesicht.

„Feuer, Wasser, Luft und Erde."

Er lächelte ermutigend.

„Eure Wut und eure Angst blockiert euch."

Er deutete auf eine Pfütze .

„Seht wie ruhig das Wasser zirkuliert. Die Energie kommt aus der Ruhe und der Ordnung in uns."

Sagte er mit einem Augenzwinkern. Alexia lächelte und der Mönch hob seinen Finger.

„Aber erst mal sollten wir etwas essen!"

Er schloss gewichtig die Augen und sie verließen den Hof.

Die List des Wandlers

Der Wandler saß in seinem Thron. Er spürte die wachsende Stärke der Vergessenen, doch er war unzufrieden. Einige Zeit lang schwieg er bis er nach seinem Diener rief.

„Grimas!"

„Ja, Herr?"

Aus dem nichts erschien der grün häutige Dämon in seinem grünen Anzug und seinem Zylinder und verneigte sich höflich.

„Was wünscht ihr?"

Das Gesicht seines Herrn war ausdruckslos.

„Wie lange wird es dauern, bis die Truppen aus Ganogan das Meer erreicht haben?"

Der Dämon lächelte.

„Die Truppen sind bereit abzumarschieren."

Der Wandler lächelte grimmig.

„Das geht nicht schnell genug!"

Grimas sah auf und fragte höflich.

„Herr, wieso geht ihr nicht zu den Aquarianarn und holt euch den Schatz des Meeres einfach?"

Der Dämon richtet sich auf.

„Es wäre für euch ein leichtes!"

Setzte er noch schnell hinterher. Sein Herr stand auf und ging auf ihn zu. Als er direkt vor ihm stand verneigte sich Grimas und ging dabei zwei Schritte zurück. Der Wandler lachte laut auf.

„Natürlich wäre es ein leichtes, aber die Welt soll sehen, dass sie selbst die Probleme verursacht und somit wird sie mich, als großen Helden feiern, der alle Dispute niederwirft! Wenn Ganogan Krieg gegen die Aquarianar beginnt, werde ich mich einschalten und als Dank die Schätze des Meeres verlangen!"

Sein Lachen halte von den Wänden wieder und Grimas verneigte sich nochmal.

„Ihr seid sehr gewieft, mein Meister!"

Dabei zog er seinen Zylinder von seinem Kopf und verneigte sich noch mehr.

Der Wandler schritt zurück zu seinem Thron. Dann drehte er sich noch einmal um.

„Was macht die Suche nach unseren Flüchtigen?"

Grimas richtete sich auf und lächelte.

„Der Mann Namens Blemqvist und Lady Lorenza haben Ganogan in Richtung Westen verlassen. Sie müssten mittlerweile nach Belgon und den Wasserfällen von Hamowell unterwegs sein!"

Sagte der Dämon mit einem bösen Lächeln auf dem den Lippen.

„Wenn ihr wünscht, werde ich mich persönlich darum kümmern, dass sie sterben!"

Dabei verbeugte er sich. Doch der Wandler hatte eine andere Idee.

„Nein!"

Grimas blickte auf und entdeckte ein böses Lächeln auf dem Gesicht seines Herrn.

„Ich werde mich selbst darum kümmern, Grimas!"

Dann setzte er sich wieder in seinen Thron.

„Was ist mit den anderen?"

Grimas verbeugte sich.

„Wir haben das kleine Mädchen ausfindig gemacht, mein Meister! Sie bewegt sich in Begleitung auf die Eisenstadt zu, aber wir sind nicht sicher!"

Der Wandler beugte sich wieder nach vorne.

„Nicht sicher?"

Doch er lehnte sich wieder zurück.

„Geh und kümmere dich um die Truppen!>

Mit einer weiteren Verbeugung verschwand Grimas wieder in seinem Schleier. Ohne zu warten rief der Wandler nach einem weiteren Diener.

„Vasme!"

Es trat einen kurzen Moment wieder Stille ein. Auf dem glatt polierten, dunklen Steinboden erschien eine Wasserlache, aus der triefend und bleich wie der Tot sein Diener auftauchte.

„Ja, Herr!"

Antwortete eine flüsternde Stimme die stark nach dem reißen von Metall klang.

„Ich habe eine Aufgabe für dich!"

Der Wandler erhob seinen Finger und deutete in die Luft. Er malte eine Karte und und sagte dann mit seiner tiefen, bedrohlichen Stimme.

„Fang sie ein, töte sie, reiß sie in Stücke!"

Ohne ein weiteres Wort versank Vasme in seiner Finsternis.

Der Schild des Waldes

1

Es war früh am Morgen und der Flugballon glitt mit leise surrendem Motor vor sich hin, als ein lauter Knall Maxine aus dem Schlaf riss. Sie blickte auf und sah, wie sich Marley wild umsah.

„Max, wir werden angegriffen!"

Er zog eine Flinte unter einer der Decken hervor und blickte von links nach rechts, aber es war nichts zu sehen. Aus dem Motor stieg ein dunkler Rauch herauf, doch er lief noch. Maxine setzte sich auf und begann sich ebenfalls umzublicken. Plötzlich knallte es erneut bedrohlich und der Motor löste sich völlig auf. Eine dunkel blaue Substanz blieb auf den Überresten kleben. Das Schiff senkte sich bedrohlich und Marley griff nach dem Steuer. Ein weiterer Knall riss den Ballon auf und die Luft entwich.

„Max, halt dich irgendwo fest!"

2

Großmutter hatte mir schon oft von diesem Moment erzählt. Sie sagt immer, dass sie da glaubte,

dass es vorbei war. Das war der Augenblick wo sie sterben würden.

Maxine hielt sich am Korb fest und das Schiff sank immer mehr. Sie sah gerade noch wie Marley das Schiff auf eine Lichtung zu steuerte. Es würde gleich soweit sein, dachte sie. Sie schloss die Augen und spürte, wie Marley

137

sie packte und sie an sich zog. Es schien, als würde ein Raunen durch den Wald gehen, als das Flugschiff auf dem Grasbewachsenen Boden aufschlug und die Erde aufriss. Sie spürte eine heftige Erschütterung und Marleys Arme, die sie vor dem Aufprall schützten. Die Bäume um die Absturzstelle schwiegen und Rauch stieg herauf und verdunkelte den Himmel. Maxine hatte die Augen geschlossen. Sie hoffte sie sei Tod, aber das war sie nicht.

„Max!"

Jemand rief und schüttelte sie. Sie öffnete die Augen und blickte in Marleys Gesicht. Es war schmerzverzerrt und ein Blutgerinnsel hatte sich über seiner Augenbraue offenbart.

„Komm schon, wir müssen hier weg!"

Der Ballon hatte am anderen Ende Feuer gefangen und der Brand breitete sich aus. Sie krochen unter dem Wrack hervor. Erst kam sie herauf und half Marley auf die Beine. Sie fühlte sich ziemlich durchgeschüttelt, aber sie spürte nicht, dass etwas gebrochen war. Etwas anderes machte ihr Sorgen. Ein leises zischen drang an ihr Ohr. Es war kalt und böse.

„Jetzt hab ich euch!"

Es schien , als würde es von überall her kommen. Marley rappelte sich auf und sah sie verwundert an.

„Was ist los?"

Fragte er.

„Wir sind nicht allein!"

Sagte sie und ergriff seine Hand. Das Zischen kam wieder.

„Es gibt kein entkommen!"

„Hast du das gehört?"

Marley sah sie fragend an und schaute sich um.

„Da ist nichts, Max?"

Sagte er mit schwer atmender Stimme. Sie blickte durch den Rauch und sah einen Schatten. Aber als sie blinzelte,war er wieder verschwunden.

„Ihr könnt nicht entkommen!"

Jetzt klang das Zischen bedrohlicher. Sie drehte sich um und blickte zum Wald. Ihr war auf dem ersten Blick klar, dass es kein gewöhnlicher Wald sein konnte.

3

Großmutter sagt mir immer, dass man bei manchen Dingen zweimal hinsehen sollte, weil manche

Dinge manchmal nicht das sind , was sie vorgeben zu sein.

Marley zog sie nach links und wollte mit ihr schnell die Lichtung verlassen. Doch sie löste sich von seiner Hand und betrachtete immer noch die Bäume.
„Wir müssen da rein!"
Sagte sie leise. Marley sah sie fragend an.
„Was?"
Eine Spur Ungeduld machte sich in seiner Stimme breit.
„Max, wir müssen den Wald verlassen!"
Doch sie hörte ihn nicht. Er hielt sich die Rippen und die Schmerzen schienen stärker zu werden.
„Wir müssen da rein!"
Sagte sie erneut und zeigte auf den Wald. Marley war nicht entgangen, dass sie da hin zeigte, wo die Baumstämme am breitesten sind.
„Na gut, dann los!"
Seine Konzentration schwand etwas und er gab sich geschlagen. Doch als sie einen Schritt auf den Wald zu machten, hörte sie erneut ein Zischen.
„Ihr seid verloren!"

Ohne jede Vorwarnung wuchs eine langhaarige, nasse Gestalt aus einer Schlammpfütze, die wie Maxine hätte schwören können, vorher noch nicht da war. Marley taumelte einen Schritt zurück und stolperte vor Überraschung. Jetzt konnte auch Marley das Zischen hören.
„Jetzt werdet ihr sterben!"
Flüsterte es ,und stürzte einen Moment später auf Maxine zu. Marley wollte sich aufrappeln und sich zwischen Max und dieses Wesen werfen, aber eine unsichtbare Kraft hielt ihn zurück. Wie in Zeitlupe sah er das tote Gesicht der Gestalt mordlustig auf die kleine Maxine zugleiten, die völlig reglos da stand. Drei Meter, ein Meter jetzt war es aus. Es ist... . Ein heftiger Windzug ließ die Blätter um sie herum aufbauschen. Zwischen Maxine und der übel aussehenden Gestalt, stand ein alter Mann. Sein Umhang war Moos

bewachsen und von Blättern bedeckt. Der Wind ließ ihn wild umher flattern. Seine silbernen Haare wehten im Wind. Zwischen seinen Barthaaren entdeckte Marley ein angestrengtes Gesicht. Die Augen glühten geradezu. Das tote Gesicht seines Gegenüber blickte voll Wut und Abscheu. Dann vernahm Marley ein Flüstern.

„Nazramih, was willst du?"

Doch der Alte antwortete nicht, sondern schlug seinen Kontrahenten einige Meter zurück. Jetzt erkannte Marley, dass er eine Art Gehstock bei sich hatte, der an seinen Kopf eine schwarze Perle trug.

„Fort von hier, Vasme!"

Flüsterte er mit wütender Stimme.Sie klang rau und unerbitterlich.

„Du bist im Wald nicht willkommen!"

Der Alte, der Nazramih hieß, blickte zu Marley hinüber und der verstand sofort. Er rappelte sich auf und zog Maxine am Arm mit sich.

„Los Max, lauf!"

Maxine kam eher langsam in Gang, aber sie stolperten ohne sich um zusehen auf den Wald zu. Was hinter ihnen geschah, wussten sie nicht. Der Wind um sie herum wurde stärker. Kurz bevor sie den Wald erreichten tauchte neben ihnen noch einmal dieses Wesen auf und wollte nach Maxine greifen.

„Ihr könnt nicht fliehen!"

Das Zischen lies ihnen das Blut in den Adern gefrieren und sie stolperten. Einige Sekunden blickte Marley in dieses tote Gesicht, aber plötzlich erschien wieder der Alte Mann!

„Fort mit dir!"

Er schwang seinen Gehstock und ein hellgrüner Lichtstrahl erschien und das Wesen war verschwunden.

„Los beeilt euch, bevor Vasme zurück kommt!"

Er ging voraus und Marley zog Maxine auf die Füße und sie folgten ihm in den Wald. Schnellen Schrittes lief er über den Waldboden und sie hatten es schwer mit ihm mitzuhalten. Er blickte sich auch nicht um. Maxine dachte immer noch an die Fratze der Gestalt, die sie gerade angegriffen hatte.

4

Ganz weit entfernt hörte man ein Grollen, dass über das Land fegte. Der

Wandler stand vor seinem knienden Diener Vasme. Seine Stimme war voll
Zorn. Sie dröhnte durch die Halle und ließ die Scheiben bersten.
„NAZRAMIH!"
Sein Mund hatte sich zu einer wilden Grimasse verzogen.
„WIE KANNST DU ES WAGEN?!"

5

Der Wald wurde dichter und die Äste standen tief. Der alte Mann lief ihnen
immer noch voraus. Marley blickte sich immer wieder um, weil er glaubte,
dass sie beobachtet wurden. Als würden tausende Augen auf sie nieder
blicken. Die Sonne war in der Zwischenzeit aufgegangen. Keiner wusste wie
spät es war, aber dies war ihnen gerade nicht so wichtig. Sie waren damit
beschäftigt nicht über die Äste und Wurzeln zu stolpern. Maxine war sehr
erschöpft. Sie mussten schon Stunden unterwegs sein. Irgendwann blieb der
Mann stehen und drehte sich zu ihnen um.
„Ich bin Nazramih!"
Er blickte seine Begleiter an, als würde er mit seinen tiefen grünen Augen in
sie hinein sehen.
„Ich bin der Schild des Waldes."
Marley und Maxine fanden keine Worte. Sie waren müde, erschöpft und
dankbar. Nazramih schaute von einem zum anderen. Dann blieben seine
Augen an Maxine heften. Sie schaute sofort zu Boden, als sein Blick sie
durchbohrte. Doch dann sprach er weiter.
„Ihr müsst viel durchgemacht haben, dass ein Wesen wie Vasme euch
hinterherjagt!"
Er hob seine rechte Hand zu einer willkommenen Geste.
„Der Wald hat euch nicht abgestoßen."
Er deutet dabei auf die Bäume.
„Kommt, hier seid ihr fürs erste in Sicherheit!"
Sein Gesicht blieb zwar immer noch kantig und ernst, aber etwas in seiner
Stimme sagte Marley, dass sie ihm vertrauen können.
„Kommt und ruht!"
Sagte er.

„Ihr habt viel zu erzählen!"
Dann drehte er sich wieder um und ging wieder voraus.

Vicious' Abschied

1

Der Umbruch war auf allen Kontinenten zu spüren. Der gierige König beendete den Handel mit den Aquarianarn und ließ ihre Boten sofort töten. Truppen aus Galogan zogen sich an der Nordküste zusammen, um die Aquarianar anzugreifen. Grimas als Herold des Herrn von Galogan, machte seine Aufgabe gut, wie der Wandler empfand und übertrug ihm das Kommando um den Angriff auf die Aquarianar vorzubereiten. Über all dem wanderte ein Schatten. Der Schatten des Gottes der die Kraft in sich trug seinen Bruder zu erwecken. Doch ob das reichen würde, wusste er nicht. Eines nachts in einem tiefen Berg fand er wonach er suchte. Es war dunkel um ihn herum. Der Schatten schwebte in einem Stollen. Dann erschien eine art Geist. Der Rest der von Vicious noch auf dieser Welt weilte. Er war durchsichtig. Er hob seine Hand und hielt sie wenige Zentimeter von einer Wand entfernt. Seine müden Augen waren auf die Steinerne Wand gerichtet. Hinter ihm lag ein Garomosch der von seiner Anwesenheit wusste, doch das schreckliche Biest gab keinen Ton von sich. Es kniete sich hin und verbeugte sich vor der Erscheinung. Die Reste von Vicious würdigten ihn keines Blickes. Auch der Garomosch merkte, dass etwas wichtiges vor sich ging und hielt seinen Atem kurz an und wartete. Vicious legte seine Hand auf dem Stein ab und schloss die Augen.
„Nafretti diom fadas fil!"
Flüsterte er mehrmals hintereinander. Langsam, als würde der Stein schmelzen, löste sich der Stein auf und es erschien ein Körper, der an eine Wand gekettet war. Ein nackter Mann hing an der Wand. Seine Haut war weiß, aber sein Atem ging stetig. Einige Sekunden starrte Vicious auf die

Gestalt, die plötzlich anfing zu keuchen. Die weißen Haare hingen über seinem jugendlichen Gesicht. Langsam begann er sich zu regen. Seine Augen öffneten sich und der Garomosch verbeugte sich noch tiefer. Der Mann an der Wand sah seinen Gegenüber an. Er betrachtete die klar erkennbaren Narben in seinem Gesicht.

„Du hast nicht viel Glück gehabt, mein Bruder."

Sagte er mit trauriger Stimme. Das schwache Licht, dass von Vicious übrig geblieben war, fiel ihm zu Füssen.

„Vergib mir, Bruder!"

Er begann zu schluchzen. Einige Zeit schwieg Valerius und sah auf seinen Bruder hinab.

„Ich vergebe dir."

Flüsterte er und schenkte ihm ein mitleidiges Lächeln. Daraufhin schluchzte er noch mehr. Seine Tränen brachen aus ihn heraus.

„Du hast mich aufgeweckt und das genügt mir."

Sagte Valerius mit seiner weichen Stimme. Vicious kauerte immer noch auf dem Boden. Valerius blickte in ihn hinein. Es vergingen einige Minuten, die er schwieg und auf seinen Bruder hinabschaute.

„Du warst verliebt!"

Visious' Schluchzen erfüllte den ganzen Raum.

„Unser Bruder ist nicht mehr wie einst war!>

Sagte er leise mit einem Funken Trauer in seiner Stimme. Doch er starrte weiterhin in seinen Bruder hinein.

„Du sorgst dich um andere."

Er schien verblüfft.

„Du sorgst dich um Menschen und andere Wesen."

Eine einsame Träne lief Valerius über die Wange.

„Du verlorst die Frau, die du liebtest durch die Hand deines Bruders!"

Seine Stimme zitterte.

„Du bereust!"

Vicious setzte sich auf und blickte in die Augen seines Bruders.

„Nimm alles was ich noch bin und rette sie!"

Flehte er. Seine Stimme bebte und zwischendurch schluchzte er immer wieder.

„Rette sie alle, mein Bruder."

Er faltete seine Hände zu einem Gebet.

„Ich bitte dich!"
Dann löste sich Viciuos langsam auf. Doch bevor er verschwand sagte
Valerius.
„Ich werde alles versuchen, mein Bruder."
Er blickte zum letzten Mal in die Augen seines Bruders.
„Du bist frei!"
Dann verschwand Vicious. Der Schatten verschwand von dieser Welt. Bevor
er sich auflöste verschwanden die Narben auf seiner Haut. Doch etwas
erschien anders. Als wäre etwas in der Umgebung erwacht, aber Valerius
konnte es nicht zu ordnen.
„Hmm... ."

2

Großmutter sagte, dass an diesem Moment jeder ihrer Gefährten wusste, dass der "Gott" Vicious

aus der Welt verschwunden war. Jeder von den Gefährten blickte an diesem Abend zum Himmel

und spürte den Verlust.

Nazramih hatte ein kleines Feuer im Herzen des Waldes entzündet. Marley
erzählte ihm ihre Geschichte. Wie sie geflohen waren und er erzählte von
Vicious. Als Vicious ihn vor einigen Jahren gerettet hatte. Nazramih war ein
aufmerksamer Zuhörer. Er lauschte ihrer Geschichte ohne sie zu
unterbrechen. Er saß auf einem Baumstumpf und stützte sich an seinem
Stock. Dann blickte er zum Himmel und Maxine tat es ihm gleich. Eine
Sternschnuppe viel hinter den Bäumen hinab und da ergriff Maxine eine
leere. Ihre Augen füllten sich mit Tränen. Sie begann leise zu Schluchzen.
Nazramih blickte immer noch gen Himmel.
„Vicious ist endgültig von uns gegangen."
Auch Marley spürte es. Er blickte auf den Boden hinab. Nazramih kramte drei
Holzbecher und eine Trinkflasche aus seinem Beutel. Er schenkte die

Flüssigkeit ein, reichte einen Marley und den anderen der kleinen Maxine.
„Trinkt das hier!"
Er deutet auf die Becher, die mit einer klaren Flüssigkeit gefüllt waren.
„Lasst uns die Becher erheben und einem Gott einen Abschiedsgruß
überbringen!"
Schweigend erhoben sie die Becher.
„Auf Vicious, der unser aller Leben erfüllt hatte!"
Schweigend tranken sie und etwas Hoffnung kehrte in ihre Herzen zurück.
Der trank wärmte ihre Herzen und spendete Trost in diesen dunklen Zeiten.
Eine Hoffnung keimte auf.

3

Chechi saß immer noch in der Kammer und meditierte. Tränen flossen an
seinen Wangen herab. Er spürte das Verschwinden seines Herren tief in
seinem Herzen. Er dachte an seine erste Begegnung mit ihm und dankte ihm
stillschweigend. Leise weinte er vor sich hin, während das Wasser unablässig
um ihn herum plätscherte. Auf der Mauer von Kesat Li saß Alexia und
schaute zu den Sternen hinauf. Als die Sternschnuppe vom Himmel fiel,
keuchte sie und weinte leise vor sich hin. Als sie wieder etwas die Kontrolle
über sich hatte, stand sie auf und tat etwas was sie vorher noch nie getan
hatte. Durch die Wolken entbrannte ein Feuer. Aber es war nicht
unkontrolliert. Es war ihr Feuer. Der Gott an den sie immer glaubte war
verschwunden. Sie stellte sich auf die Mauer und fing an umher zu wirbeln.
Mit langsamen anmutigen Bewegungen entzündete sie ein kleines
Abschiedsfeuer. Es galt dem gefallenen Gott, der sie begleitet hatte, seit sie auf
der Welt war. Das Feuer bildete einen harmonischen Tanz um sie herum in
die Nacht hinein. Esteos stand an einer der unteren Säulen und beobachtet
das Geschehen, als ein aufgeregter Lehrling auf ihn zugelaufen kam.
„Meister... Feuer !!"
Keuchte er, doch der Mönch schloss beruhigend die Augen und schüttelte den
Kopf.
„Alexia verabschiedet sich, junger Sigodi."
Der Lehrling schaute aufgebracht, doch zugleich bewundernd zu Alexia

hinauf. Auch Estoes verabschiedete sich.

4

Weit entfernt, hatten Lorenza und Blemqvist ein Lager in einem kleinen
Wäldchen aufgeschlagen. Sie waren viele Meilen gelaufen. Als Lorenza die
Sternschnuppe entdeckte stand sie schweigen auf und begann ebenfalls für
sich zu tanzen. Leicht und anmutig. Erst wusste Blemqvist nicht was es damit
auf sich hatte, doch dann spürte er ein Stechen in seinem Herzen und dann
wusste er, dass Vicious die Welt endgültig verlassen hatte. Er starrte zum
Himmel und versuchte vergebens eine Antwort auf seine Fragen zu finden. Er
wusste immer noch nicht was er tun sollte und was das richtige war, doch
irgendwie gab ihm der Tanz den Lorenza aufführte etwas Mut. Er wusste,
dass es ein Abschiedsgruß war, die den nur Guinariar vorführen konnten.

5

Eines Nachts wachte Ema plötzlich aus dem schlaf auf ihre Augen brannten
so heftig, dass sie beinahe geschrien hätte, aber es dauerte nur einen kurzen
Augenblick und der Schmerz war verschwunden. Alles war wie zuvor. Ihre
Haut war bleich und ihr Gesicht schmal geworden. Sie war der Meinung sie
hätte irgendwo ein Schluchzen vernommen. Sie fühlte sich schwach, doch ihre
Entführer wollten sie nicht sterben lassen. Sie wusste nicht mal mehr wie
lange sie schon gefangen war. Sie saß an die Wand gelehnt da und lauschte in
die Dunkelheit. Doch sie hörte nichts mehr. Ihrem fast schon einzigen
Besucher hatte sie einen Namen gegeben. Die kleine Ratte besuchte sie immer
noch. Sie nannte sie Evanin. Jedes mal wenn Ema sich einsam führte, leistete
Evanin ihr Gesellschaft. Doch auch wenn sie sich nicht sicher war, ob sie das
Schluchzen gehört hat, würde sie bald wissen, dass etwas vor sich ging. Ein
Stich durchfuhr ihren Kopf, als wurde das Blut aus ihrem Schädel heraus

wollen. Mit schmerzverzerrtem Gesicht hielt sie sich das Gesicht zu bis kurze Augenblicke später alles wieder vorbei war, bis auf ein Jucken in ihren Augen.

6

Der Wandler saß auf seinem Thron und spürte das verschwinden des Schattens nicht, aber etwas anderes regte sich in ihm. Ein unbehagliches Gefühl breitete sich in seinem Körper aus. Kurz darauf löste sich sein Körper auf und er reiste an einen anderen Ort. Die Zeit war gekommen die Vergessenen zu füttern.

Volle Energie

1

Es war früh am Abend, als Lorenza und Blemqvist vor den Toren von Belgon angelangt waren. Sie hatten die Dörfer hinter sich gelassen und sind über kleine Waldwege auf den Hauptweg gestoßen. Sie hörten vor sich schon die Wasserfälle und waren zuversichtlich, dass sie bald schneller in Richtung Küste reisen könnten. Sie gelangten an eine Klippe und vor ihnen breitete sich das Tal von Hamowell aus.
„Da ist es!"
Sagte Lorenza und deutete auf die kleinen Häuser, die sich auf einer Insel befanden, die von den Wasserfällen umrandet wurden. Blemqvist grinste.
„Ist ja nicht sehr beeindruckend!"
Lorenza gab keine Antwort. Als er sich zu ihr umblickte, sah er ihr angespanntes Gesicht und drehte sich auf dem Absatz um. Erst hörte er nichts, aber dann stürmten vermummte Gestalten aus den Büschen, als hätten sie nur auf diesen Moment gewartet. Lorenza warf ihren Reisemantel und ihre Tasche ab und konzentrierte ihr Kraft. Die Gestalten waren Aaschfahl und stürmten auf sie zu. Blemqvist zog seine Revolver heraus und schoss Zweien sofort jeweils eine Kugel ins Gesicht. Sie gingen sofort zu Boden. Lorenza ließ den Wind mehrere Angreifer gleichzeitig vom Boden wehen und schleuderte sie wieder in die Büsche. Sie fing an sich zu drehen und zu wirbeln. Jene die zu nahe an sie heran kamen, erwischte sie mit ihren Dolchen, die sie in den Händen hielt. Blemqvist schoss einen nach dem anderen nieder. Seine Kugeln wurden immer weniger. Auf offenem Gelände

und an einer Klippe waren sie leichte Beute. Lorenza fiel auf, dass die Männer nicht riefen sondern eher keiften. Wie wilde Tiere stürzten sie sich auf sie. Blemqvist und Lorenza rückten im Kampf näher aneinander.

„Wir können sie nicht ewig hinhalten!"

Rief er während er einen am Hals gepackt hatte und ihm das Genick brach. Sie nickte, aber wusste nicht wie sie ihre Position verbessern konnten. Blemqvist hatte bereits sein Magazin verschossen und tötete nur noch mit bloßen Händen. Lorenza musste immer mehr auf ihre Dolche zurückgreifen, weil sie ihre Energie beinahe verbraucht hatte. Es kam ihr seltsam bekannt vor, dass einige einfach nur auf sie zu liefen. Doch sie kämpften weiter. Es wurde Nacht und immer mehr Gestalten stürmten auf sie zu. Blemqvist ran der Schweiß von der Stirn. Seinen Mantel hatte er bei Seite geworfen und wehrte sich mit all seiner Kraft. Einigen brach er den Kiefer und den Hals mit seinen Fäusten und seine unnatürliche Kraft kam zum Vorschein. Seine Hände waren blutverschmiert und sein Ausdruck fast wahnsinnig. Seine Muskeln waren zum Bersten angespannt. Lorenza wirbelte um ihre Gegner herum und schlitzte einen nach dem anderen völlig blutrünstig auf. Ihr Kleid war voller Blutspritzer ihre Opfer. Ihr Gesicht war ebenfalls blutverschmiert. Der Schweiß lag auf ihrer Haut und ihre Haare klebten an ihrem Hals. Ihr Blick war völlig kalt. Als der Mond am höchsten stand, hörte der Angriff auf. Langsam senkten beide ihre Hände und Waffen dabei blickten sie sich um. Die Klippe war mit Blut und Leichen übersät. Hier und da lagen abgetrennter Köpfe. Ihr Atem war schwer und ihre Körper zitterten vor Anstrengung. Unzählige bewegungslose Körper reihten sich aneinander auf. Es war Still geworden. Doch dann erschien ein schwarzer Nebel vor ihnen und ein glatzköpfiger Mann mit einer breiten Grimasse kam zum Vorschein. Im Mondlicht wurde seine amüsierter Ausdruck noch deutlicher. Er hob seine reptilienartigen Hände und fing an zu klatschen.

„Ich bin begeistert!"

Lachte er laut und höhnisch.

„Ihr habt euch tapfer gegen meine Diener gewährt, aber nun ist es aus!>

Der Wandler blickte von einem zum anderen, dann richtet er sich an Blemqvist.

„Du bist wertlos! Deine für einen einfachen Menschen unnatürlichen Kräfte haben keinen Wert für mich!"

Der Wandler öffnete seine Arme und plötzlich schrie Blemqvist auf. Er fiel auf die Knie und hielt sich den Kopf fest. Eine Stimme schrie in seinem Kopf. „Du willst doch nicht hier sein! Ich sehe in dein Herz und du willst nur einen töten!"

Die Stimme schrie und lachte und Blemqvist schrie mit ihr.

„Aaarrrrrghhh!!!"

Lorenza wollte zu ihm, aber dann sah sie mit erschrockenem Gesicht, wie er zusammenbrach und reglos liegen blieb. Sein Körper zitterte, aber er stand nicht wieder auf.

„Dann wären nur noch wir beide da Lady Lorenza!"

Er lachte höhnisch und ohne Vorwarnung bildete sich eine dunkle Kuppel um sie herum aus schwarzer Energie und verschluckte sie. Sie sammelte sich und starrte in die Dunkelheit wie einst. Aus weiter ferne hörte sie ein überhebliches Gelächter.

„Auch ihr, Lady Lorenza werdet Teil der Vergessenen sein!"

Als sie das hörte, spürte sie seine Anwesenheit. Plötzlich stand er hinter ihr doch mit einem Schrei wehrte sie ihn ab. Sie hatte schon seine Hände an ihren Armen gespürt.

„Haaaaaaajji!"

Sie sprang einige Meter zur Seite und wich ihm aus. Als sie landete konzentrierte sie ihre Energie zu einem letzten Schlag. Sie wusste sie konnte ihm nicht ewig davon laufen, aber zumindest konnte sie noch so viel Schaden wie möglich anrichten. In der windstillen Dunkelheit sog sie soviel Energie wie möglich in sich auf.

„Ihr könnt mir nicht entkommen und eure Kraft wird mich noch mächtiger machen!"

Wieder ertönte sein höhnisches, grausames Lachen. Sie spürte wie er näher kam.

„Ihr seid verloren!"

Ihre Hände zitterten und sie spürte, wie immer mehr Energie in ihr zusammen kam. Immer wieder flüsterte sie eine uralte Formel. Ihr Blick war ausdruckslos nur ihre Lippen bewegten sich. Sie bat den Wind um all seinen Beistand. Der Schweiß ran ihre Wangen hinab und ihre Augen begannen hell zu glühen. Die Energie breitete sich in ihrem Körper aus. Plötzlich stand er wieder vor ihr. Seine Arme packten sie an den Oberarmen und sie starrte hasserfüllt in seine Fratze.

„Ihr seid vergessen!"

Für einen kurzen Moment spürte sie wie die Dunkelheit sich auf ihrer Haut ausbreitete, dann riss sie die Augen auf und schrie.

„Ahhhhhhhh!!"

Die Energie löste sich und das letzte, was sie sah, waren die überraschten Augen des Wandlers bevor sie in die Dunkelheit stürzte und das lachende, liebevolle Gesicht ihrer Mutter. Die Kuppel löste sich auf und für einen Moment wich die Nacht einem hellen Licht. Bäume wurden entwurzelt und große Brocken aus Stein und Erde vielen in die blauen tiefen des Wasserfalls. Als die Nacht wiederkehrte, blieb nichts weiter übrig als ein gewaltiger Krater. Von einem Pfad war nichts mehr übrig. Entwurzelte Bäume und ein verwüsteter Landstrich.

2

Viele Meilen entfernt tauchte der Wandler wieder in seinem Thronsaal auf. Auf dem gerade noch leeren Thron, stieg er aus dem schwarzen Nebel und setzte sich. Sein Gesicht war wutverzerrt und mit Blut bespritzt. Aber es war sein eigenes Blut. Er blickte an sich hinab und sah seinen aufgerissen Brustkorb. Das schwarze Blut tropfte am Holz hinab und bildete ein Gerinnsel auf dem Boden, das immer größer wurde.

Er biss die Zähne zusammen.

„Wie kann sie es wagen!?"

Er spuckte die Worte geradezu zwischen seinen Zähnen hervor. Auch seine Hände und Arme waren blutverschmiert und an seinen Händen fehlten einige Finger. Langsam hob er seine linke Hand und erneut erschienen die Kugeln, aber es waren nur vier von ihnen. Wie konnte dieses Gör es wagen. Er brüllte und wütete in dieser Nacht, wie er zuvor noch nie gewütet hatte. Die Wolken verdunkelten sich.

3

Blemqvist sah das Licht in der Ferne. Sein Körper schmerzte noch vom Sturz.

Als er sah, wie sich die Kuppel gebildet hatte, hatte er Lorenzas Rucksack mit den Karten gepackt und hatte sich dann in die Fluten gestürzt. Kaum noch Kraft war über um sich wieder hinaus zu ziehen. Eine innere Leere machte sich in ihm breit. Er war allein. Der Wandler hatte sie nun auch erwischt. Langsam stieg er wieder zum Krater hinauf. Er wusste, dass es klüger wäre jetzt zu verschwinden, aber in ihm Keimte Hoffnung auf, dass sie vielleicht überlebt hatte, aber vergebens. Bis auf ein leises Scharren war es still. Nach einigen Augenblicken merkte er, dass er nicht ganz allein war. Ein breiter Schatten bewegte sich aus Norden auf ihn zu. Im Mondlicht kam er immer näher, schien aber nicht die Absicht zu haben ihn an zu greifen. Der Schatten versuchte sich nicht zu verstecken. Dann drang ein flüstern an sein Ohr.
„Oh no, tote Körper, totes Fleisch nicht nützlich, nono, .. ."
Die Kreatur schien ihn nicht zu beachten. Blemqvist brauchte einen Augenblick um seine Stimme wieder zu finden.
„HEEEY, was treibst du hier?"
Dies schien ihm eine berechtigte Frage, nachdem, was hier geschehen war. Als das Mondlicht die Kreatur erhellt, sah er eine Fratze, die er noch nie zuvor in seinem Leben gesehen hatte. Die Kreatur hatte blaue Haut und ein Froschgesicht. Es humpelte beim Gehen und hatte einen Buckel auf dem Rücken. Der riesige Korb und die Schaufel verriet ihn. Moosbewachsenes Haar ziert seinen blauen Schädel. Es war ein Märchen gewesen. Vor langer Zeit hatte ihm mal erzählt, dass wenn jemand stirbt der Gräber kommt und einen mitnimmt. Es war ein Märchen. Eine einfache Geschichte. Doch diese Kreatur war unverkennbar.
„Oh no, der Wandler isch verleetzt, schwerrrr.. ."
Als der Gräber neben Blemqvist stand, sah ihn der Gräber zum ersten mal an. Seine Augen wurden zu Schlitzen und der Gräber verzog sein Gesicht.
„Oh no, komm mit, isch weiß .... Isch weiß du brauchst.. ."
Ohne eine Antwort schritt der Gräber weiter und ohne genau zu wissen wieso folgte er ihm. Dabei bemerkte er nicht das Knäuel, dass sich in seinem Korb verbarg. Der Bucklige ging paar Schritte und begann einen Singsang auf zu sagen.

-Der Herr gibt, der Herr nimmt, wenn des Herren Dienerschaft in die Pflicht er nimmt. Frisches Fleisch ist Welten Kost, doch gleich fort ist nicht fort! Hier ist des Gräbers Freud!-

Blemqvist wusste nichts damit anzufangen nach den ganzen Ereignissen. Er lief dem Kauz einfach hinterher in der Hoffnung nach Antworten. Schon wieder verlor er jemanden. Die Wut zerfraß ihn innerlich und er war kurz davor die Kontrolle über sie zu verlieren. Es geriet außer Kontrolle. Da drehte sich der Gräber zu ihm um.

„Antworten du suchst und Antworten du bekommst. Geschwind keine Zeit zu verlieren solange Tot noch frisch und Magie in die Luft ... isch no oh.."

Großmutter erzählte mir, dass zu diesem Zeitpunkt niemand wusste, was Lorenza widerfahren war, aber später erhielt die Hoffnungslosigkeit Einzug in ihre Herzen.

4

Ema erwachte aus einem tiefen und unangenehmen Schlaf. Sie spürte sofort das unbehagliche Gefühl. Am anderen Ende der Kammer hörte sie ein leises Geräusch von kleinen Füßen, die über den kalten Stein liefen. Es war Evanin, der sie wieder besuchte, doch da war noch etwas anderes. Dann hörte sie ein leises Flüstern. Die Stimme klang wohlwollend und Hoffnung schöpfend.

„Sei gegrüßt Kind!"

Sie wusste nicht, wie sie antworten sollte. Sie fühlte sich kraftlos, aber die Stimme gab ihr Kraft.

„Gib nicht auf!"

Dann war das Flüstern und das Gefühl, dass sie gerade noch erfüllt hatte, verschwunden, doch die Zuversicht stieg wieder.

Die Wahrheit über den Wandler

1

Maxine wachte früh auf. Das rauschen der Bäume hatte sie geweckt. Das Moos war bequemer, als sie zuletzt angenommen hatte und sie fühlte sich mehr ausgeruht als sonst. Nazramih hatte ihnen gesagt, dass sie hier im Wald fürs erste in Sicherheit waren und es stimmte. Seit langem waren sie nicht mehr an so einem friedlichen Ort gewesen. Die Furcht irgendwelchen Feinden zu begegnen war zumindest für einige Stunden verschwunden. Sie nahm die frische Luft erst jetzt zum ersten mal wahr und es beruhigte sie ungemein. Als sie aufstand, regte sich etwas hinter ihr zwischen den Bäumen. Nazramih kam von hinten an sie heran.

„Welch schöner Morgen, junge Dame, ich hoffe ihr konntet euch für die bevorstehenden Strapazen etwas ausruhen."

Seine Stimme klang vergnügt und es war keine Spur von Sorge in ihr. Auch Marley wachte auf und ihm war an zu sehen, dass auch er sich erholt hatte. Nazramih ging an ihnen vorbei und setzte sich auf den moosbewachsenen Baumstamm, auf dem er schon letzte Nacht gesessen hatte und sprach ohne Umschweife weiter.

„Ich habe mich etwas umgesehen und ich habe etwas, dass euch helfen könnte, aber das wird sich zeigen."

Aus seinem Mantel zog er einen Stein. Einen Stein, der sich überhaupt nicht von einem anderen Stein unterschied, doch Maxine spürte plötzlich ein Kribbeln. Es war ein Gefühl, dass sie zuvor noch nie gespürt hatte. Es kam aus ihrem tiefsten inneren. Sie trat einen Schritt näher und der Stein auf der flachen Hand Nazramih´s reagierte plötzlich. Auch er merkte das und betrachtete Maxine jetzt genauer.

„Sind euch die Schätze der Welt ein begriff?"

Auch jetzt wartete er auf keine Antwort. Vor langer Zeit schuf Valerius, der Gott dieses Planeten magische Gegenstände, deren Kräfte nur von bestimmten Menschen, oder anderen Kreaturen genutzt werden können.> Nazramih hob seine Hand und erneut zitterte der Stein. Dieses Mal etwas heftiger und lächelte.

„Tritt näher Kind, der Stein sucht sich seinen Besitzer aus. Das ist der Schatz der Erde und du bist würdig ihn dein eigen zu nennen!"

Maxine schwieg und ging einen Schritt auf ihn zu. Der Stein erhob sich von der Hand und schwebte langsam in ihre Richtung. Marley hielt die Luft an und bewegte sich nicht. Maxine war jetzt nur noch einen Schritt vom Stein entfernt der ihr entgegen kam und anfing zu leuchten. So scnell, wie es hell wurde, wurde es wieder normal und der Stein war verschwunden. Dann kribbelte es und brandte kurz dort, wo ihr Herz war. Sie griff sich an die Brust. Ein kurzer Schmerz und etwas zug sich von ihrem Herzen den rechten Arm runter. Ein Muster erschien auf ihrer Haut, dass sich bis zu ihr in die Handfläche drehte und zwirbelte. Zwischen den Ranken erschienen kleine Zeichen, die nacheinander aufleuchteten. Sie fühlte sich anders. Als wenn etwas in ihr erwachte. Neue Hoffnnung keimte auf ihre Schwester wieder zu sehen. Nazramih sah sie zufrieden an und erhob sich. Dann erzählte er ihnen folgende Geschichte.

2

„Vor langer Zeit, als der Wandler verschwand, wusste Vicious, dass er wiederkommen würde, doch er tötete ihn trotzdem nicht. Warum er ihn verschonte, ist unklar. Er suchte mich auf und bat mich diesen Stein auf zu bewahren. Die Zeit würde kommen, dass der Stein einen Besitzer auswählen würde und so ist es nun. Vicious hatte dich nicht umsonst in die Obhut von Lady Silvana gegeben. Der Wandler weiß ebenfalls von diesen Gegenständen und obwohl er weiß, dass er selbst sie nie nutzen könnte, sucht er nach ihnen und mir ist nicht bekannt, dass er im Besitz von einem sei. Doch ist ihm bewusst, dass sie ihm gefährlich werden können. Vor einigen Jahren hatte ich mich auf den Weg auf die Feuerinsel gemacht. Jubendil, der Hüter des Feuers war verschwunden, erzählte man mir. Er war der älteste derer die das Feuer beherrschen. Es war nicht leicht, aber ich meine zu wissen, dass der Wandler sich seiner Habhaft gemacht hatte. Es dürften vier oder fünf Existenzen in ihm sein, was seine Stärke erklären würde. Doch ist dort noch mehr. Die Vergessenen. Eine Uralte Magie, oder eher ein Zauber der Toten. Darüber weiß nur einer etwas. Er ist Hüter wie ich, aber ihm ist nicht zu trauen. Der Gräber. Seine Aufgabe ist es, den Toten den richtigen Weg zu zeigen, aber er verlor jede Vernunft und zeigte nur noch wenigen den Weg. Der Wandler besitzt viel Macht, aber auch er kann besiegt werden. Ein uralter Kampf zwischen dem guten und dem Bösen. Die einzige Chance, die ihr habt ist Valerius zu finden. Er kann den Wandler aufhalten. Ihr müsst ihn suchen!

Darauf schwieg Nazramih und Maxine fand ihre Stimme wieder.

„Was hat uns gestern verfolgt?"

Nazramih runzelte die Stirn. Dann sagte er mit einem bitteren Groll in der Stimme.

„Das was euch verfolgt hat war Vasme. Eine Ausgeburt der Dämonen. Einst zählte sie zu den Weisen unter uns, aber ihr Weg wurde durch Hass und Zorn zerfressen. So wie ich die Wälder hüte, war es einst ihre Aufgabe gewesen Bäche und Tümpel zu hüten, aber sie wurde diesem überdrüssig und verbündete sich mit den Dämonen!"

Bei diesen Worten glühten seine Augen hell auf. Der kleinen Maxine reichte diese Antwort doch Marley spürte, dass da wahrscheinlich noch mehr hinter steckte. Sie mussten dringend die Eisenstadt erreichen!

3

Ema lehnte am kalten Stein. Ihre Augen hatten aufgehört zu brennen. Eine Träne ran an ihrer Wange hinab. Sie sah durch ihre eigenen Augen. Glauben konnte sie es erst nicht. Sie war verschwitzt erwacht und sah etwas verschwommenes vor ihr und dann konnte sie im leichten Schein einer weit entfernten Laterne ihre eigenen Hände sehen. Es waren nur die Konturen, aber sie hätte schwören können, dass es ihre Hände waren. Sie konnte es nicht erklären, aber zu ihrer neuen Zuversicht kam jetzt noch dazu, dass sie sehen konnte. Sie wollte nicht mehr weiter schlafen und blieb über Stunden wach bis sich die Tür zu ihrem Verlies wieder öffnete und ein Mann den sie nicht kannte sie am Arm packte und hinaus zog. Wieder diese finsteren Gänge. Sie wollte hier raus und tatsächlich am Ende des dunklen, feuchten Ganges kam Licht auf sie zu. Sie traute sich nicht den Mann an zu sprechen und schwieg. Als sie fast am Ausgang waren, schubste er sie über die Schwelle ins Licht, dass sie auf den Boden fiel und sich das Knie aufschlug. Es war so hell, dass sie sich die Augen zu kniff. Es war ungewohnt. Hinter ihr schlug ein Tor zu und sie hörte eine Stimme von weiter Entfernung.

„LASS DAS MONSTER FREI!"

Als sie sich in ihren Lumpen aufrichtete sah sie, dass sie in einer Art Arena war. Hoch über ihr saßen Leute und tranken und grölten. Doch direkt über ihr die Sonne. Wie ein Segen brannte sie auf sie nieder und genoss jeden Moment. Ihre Freude hielt nicht lange, als etwa zehn Meter vor ihr ein eisernes Gitter hoch gezogen wurde und sich ihr ein grässliches Monster offenbarte. Die Leute jubelten, doch nichts geschah. Das Ungeheuer sah sie an. Auge in Auge. Als würde es jemanden wieder erkennen. Kein einziges Geräusch gab es von sich und starrte Ema an.

Fortsetzung folgt.....

158

Ich danke jedem der das Buch gelesen hat und freue mich auf jeden Kommentar. Hoffe es hat Spaß gemacht es zu lesen, weil das Schreiben schon eine unbezahlbare Erfahrung war. Danke!

Blazej Mielcarski

Die Geschichte macht hier kein Ende.....

Wir fangen gerade erst an.......

FSC
www.fsc.org
MIX
Papier | Fördert
gute Waldnutzung
FSC® C083411

Zeitfracht Medien GmbH
Ferdinand-Jühlke-Straße 7
99095 Erfurt, Deutschland
produktsicherheit@kolibri360.de